启真馆 出品

启真·闲读馆

作家们的威尼斯

[德] 克劳士·提勒多曼 著

刘兴华 译

Venedig

Literarische Streifzuge

ZHEJIANG UNIVERSITY PRESS
浙江大学出版社

图书在版编目（CIP）数据

作家们的威尼斯／（德）提勒多曼著；刘兴华译.
—杭州：浙江大学出版社，2012.9
书名原文：Venedig
ISBN 978-7-308-10556-9

Ⅰ.①作… Ⅱ.①提… ②刘… Ⅲ.①游记-作品集
-德国-现代 Ⅳ.①I516.65

中国版本图书馆CIP数据核字（2012）第210931号

作家们的威尼斯

[德] 克劳士·提勒多曼 著　刘兴华 译

责任编辑	赵　琼
装帧设计	王小阳
出版发行	浙江大学出版社
	（杭州天目山路148号　邮政编码310007）
	（网址：http://www.zjupress.com）
制　　作	北京百川东汇文化传播有限公司
印　　刷	北京中科印刷有限公司
开　　本	890mm×1240mm　1/32
印　　张	8.625
字　　数	192千
版 印 次	2012年11月第1版　2012年11月第1次印刷
书　　号	ISBN 978-7-308-10556-9
定　　价	32.00元

前言

大运河（Canal Grande）像个大问号般，蜿蜒在数百年来的宫殿之间。几百年来，诗人与作家探索着"谜样的威尼斯"，多半的人在碰触这个谜时，都像亲近女人一般——惊艳、赞美、恋慕。在诗集与长短篇小说中，这份感受各有不同的风情。

关于威尼斯的魅力，世界各地的文人不只侃侃谈过，也留下了批评的文字。由于每个人都以十分独特的方式观察水都，这座城市的文学面貌便不断翻新。如此一来，仿佛再有任何的洪水，威尼斯都不会下沉。

挑选书中的作家，自然主观——除此之外，亦无他法选出这许多写过威尼斯的男女作家。读者在这会见到许多大名鼎鼎的人物，当然也有一些名气不大的作家。而一些特别知名的，则未选入，像托马斯·曼（Thomas Mann）或卡萨诺瓦（Giacomo Casanova），他们经常在媒体上曝光，以致他们和威尼斯的关系，几乎再也找不到任何新的切入点。一些标有年代的章节也编入书中，那是我个人在威尼斯的记录与观察，是多年来的"亲身经历"。

这里，我再举出两位今天的威尼斯文人，名气已跨越自己居住的城市与国家：皮尔·玛丽亚·帕西内提（Pier Maria Pasinetti），在意大利与法国都曾得奖（已是退休的文学教授），他的许多小说中，威尼斯都扮演着关键角色；他早期的一本书《威尼斯红》亦被译

1

成德语。至于在闻名遐迩的圣马可图书馆工作的文学研究者安娜莉萨·布鲁宁（Annalisa Bruni），也是一位著名的作家。她最新的短篇小说选《书痴的故事》（*Storie di Libridine*），利用"Libridine"（书痴）一词玩弄着"Libido"（性欲）与"Libri"（书）的文字游戏，可以译成"按捺不住的书欲"——这种瘾头也给了本书动力。

目 录

阿尔多·曼奴奇欧

——书的主宰

一九九五年五月，威尼斯印刷师阿尔多·曼奴奇欧（Aldo Manuzio，一四四九——一五一五，其拉丁化的名字是 Aldus Manutius，故又译为阿尔多斯·曼奴裘斯）作坊印行的书籍以一百万英镑拍卖售出，伦敦佳士得（Christie's）公司对此表示相当满意。这些全部高出正式预估价格的书籍，都是些哲学与人文类的作品，今天只要花上几十欧元便可买到新的版本——像古希腊罗马时期的作者亚里士多德及普鲁塔克（Plutarch），文艺复兴时期的作家彼特罗·本波（Pietro Bembo）及鹿特丹的伊拉斯摩斯（Erasmus von Rotterdam）；另外，还有一本至今依然显得神秘，由圣道明修会修士法兰契斯可·科隆纳（Francesco Colonna）所作、配上出色木刻插图的《波里菲洛的情欲之梦》（*Hypnerotomachia Poli-phili*），以及一本染发剂配方的书出现在拍卖会中。

　　拍出的价格非比寻常，但这个男人也非比寻常，他的作坊可是出了不少珍贵的书籍。阿尔多·曼奴奇欧，一四四九年生于维雷特里（Velletri）附近的巴西安诺（Bassiano），算是他那个时代最著名的人文主义印刷师傅。一四九二年，当他在威尼斯的作坊——可能位于今日的泰拉二号运河（Rio Terà Secondo）二三一一号——开始在自己的印刷机上印制令人赞叹且广为仿效的经典版本时，这个潟湖城市已经有了几十间印刷作坊，其中包括来自史拜尔（Speyer）的德国兄弟约翰（Johann）与温德林（Wendelin），及法国印刷师傅尼可拉·詹森（Nicolas Jenson）所开设的作坊。

不过，阿尔多·曼奴奇欧并不像多数他的同侪那样，只是一名制版印刷工匠，他还是一位十分博学的人，对普及希腊及拉丁经典作家特别用心。在罗马帝国灭亡后、那战火横行的几百年中，艺术与学术知识依然无人理睬，重要的古代文献多半只有差劲的翻译与错误连篇的抄本。此外，中世纪迷信权威的经院神学学者只会在文字上钻牛角尖，而不在乎优美的语言。

受到像彼得拉克（Francesco Petrarca）与薄伽丘（Gio-vanni Boccaccio）等人文主义作家的鼓舞激励，阿尔多决定开设印刷作坊，尽量正确地将古代作家的作品与观念普及到全世界去。几年内，阿尔多的住处成了人文主义学者与作家的固定聚会地点，他们带给他校订过的与可以付印的古代文稿，并帮他刊印。

意大利的知识分子在古希腊罗马的作品中，再次发现他们祖先的高等文化。在这时期，传承古代伟大遗产的自觉，仿佛野火燎原。十九世纪意大利文学家法兰契斯可·德·山克提斯（Francesco de Sanctis）在其著名的《意大利文学史》中，认为这种心态上的运动有如"一种特定的电流，会在某些时代穿透整个社会，赋予这个社会一种独特的精神。在十字军时期导致欧洲迎向巴勒斯坦，后来深入印度的同一动力，促成美洲的发现，现在这股同样的动力，逼使意大利人再度挖掘出长久以来埋在野蛮灰烬下的文化世界。那是他们的语言，那是他们的知识。在他们看来，他们仿佛再度找回自己的知识与财产，仿佛再度降生在文化之中。大家称这个新的纪元为文艺复兴——一种再生"。

身为饱学之士与致力教育之人，阿尔多·曼奴奇欧认为提供各个国家的学者便宜的好书，借以深入古代知识，正是自己的神圣义务。意大利对古代文化的这股狂热，很快越过了阿尔卑斯山。德国人、法国人及英国人对于出自这位拉丁化名字为阿尔多斯·曼奴裘斯，其威尼斯印刷作坊小心校订印制的书籍，甚感兴趣。然而，有些意大利学者认为通过书籍印刷普及希腊作者知识的作法，并不明智，因为"蛮人"可在家中自习，不太需要造访意大利这个教化的源头。

在阿尔多的时代，威尼斯无疑是印刷技艺的中心。十五世纪初，这座强大富裕的贸易城市已有十九万名居民，当时印刷作坊已比意大利其他城市来得多，约有两百间。此外，威尼斯住有许多博学的希腊学者，他们逃离战火来到这座潟湖城市，现在可以在这对特定的语言问题提供咨询，有助阿尔多的工作。

威尼斯拥有珍贵的古代手稿这一点，对阿尔多来说，亦很重要。拜占庭红衣主教约翰诺斯·贝沙里翁（Johannes Bessarion）由于偏爱威尼斯，在他死前四年，便将他大约有九百册图书的无价图书馆赠给这个潟湖城市，其中包括大约六百份珍贵的希腊文手稿。这位一四七二年去世的希腊学者的捐赠，同时促成了圣马可图书馆的兴建。

长久以来，威尼斯这座商人与水手之都对古代文献丝毫不感兴趣。一三六六年，彼得拉克便已赠与这座城市他自己的藏书。不过，这批包括柏拉图与亚里士多德手稿、价值难以估量的书籍，一百五十年来遭到冷落，直到其中许多书籍开始损毁破碎。红衣主教皇贝沙里翁死后，这些书籍终于被并入未来圣马可图书馆的藏书中。一五三七年起，雅克伯·山索维诺（Jacopo Sansovino）主持该图书馆的建筑工程，死后再由维岑左·史卡莫奇（Vincenzo Scamozzi）接续下去；后来在这座华丽的"马奇安纳图书馆"（Biblioteca Marciana）的阅览室中，立了一尊彼得拉克的大型胸像。

不过，搭建圣马可图书馆时，发生了一件意外。十六世纪初，威尼斯人将圣马可广场扩建成为一座富丽堂皇、能够展示共和国权力的广场。佛罗伦萨建筑师雅克伯·塔替（Jacopo Tatti），即山索维诺，负责这件宏大的工程，一五二九年起，他致力规划这座大广场及其周遭建筑达三十年之久。最后，在他主持下，总督府对面广场上建起那座华丽的图书馆。

然而，一五四五年十二月十八日至十九日那晚，图书馆大厅部分拱顶坍塌。没有查出意外原因，山索维诺立刻锒铛入狱，惨遭虐待。因他的朋友提香（Tizian）和阿雷提诺（Aretino）求情，才使这位建筑师免遭进一步的刑罚。山索维诺可以出狱，但薪资被扣，且必须负责自力修复损坏部分。

好在很快查出这件意外并非起先所想的那种重大灾难，只有一扇窗户和其上拱顶毁损。倒塌的原因可能因为一名建筑工人过早拆除必要的支架。海上一艘船舰炮火射击导致的震动，显然让石块松动。同样受到伤害的建筑师山索维诺在圣马可大教堂为他的两位朋友，后来也为他自己立下一个小型纪念像，在教堂法衣室的铜门上塑上提香、阿雷提诺和他自己的头像。

对当时的威尼斯来说，火炮射击一事司空见惯，不只用在欢迎国外贵宾。阿尔多斯在一个政治动荡的时代开展自己的业务，在他出版的第一批书的前言里，他便已抱怨道：

> 自法军入侵拿波里后，半岛上便骚动不安。法国人、德国人、西班牙人、瑞士人四处蹂躏，街上不再安全。内陆贸易中断，阿尔卑斯山道路被阻。威尼斯虽然因为地理位置，暂保安稳，但在圣马可广场上，可以听到附近敌人的火炮声响。

尽管局势险恶，阿尔多斯依然尽力供应阿尔卑斯山以北客户书籍。由于声誉绝佳，他收到许多学者来信，却因工作繁忙，无法一一回信。此外，每天都有不速之客来到他的作坊，打扰他的工作，部分因为好奇，部分出于无聊，也有部分带着自己的手稿前来，令他无暇应付："他们坐在那里，无所事事，就像血蛭一样，没吸饱的话，是不会离开皮肤的。"他在给一名熟人的信中这样骂道，但最后他还是找到了一个摆脱这种骚扰的方法：

> 不重要的信，我根本不回，重要的信，也只三言两语。没人会怪我，我有时间的话，宁可花在出版好书上。但对访客，我在自己工作间门上刻上以下文字："不管你是谁，阿尔多斯恳求你尽量少言，尽快离开；如果你来这里，像赫拉克勒斯（Herkules）一样，在阿特拉斯（Atlas）疲惫之际，扛起他的重担的话，这里会有工作给你和所有来这的人。"

大家当时一般印制大尺寸的大字体对开书册。阅读这种并不轻便的书籍时，多半搁在桌上或斜面阅读桌上，不过寄送这种大开本书册并不容易，旅行阅读时也不方便。阿尔多斯虽然也印制对开书册，而且尽管纸张昂贵，还是留出宽大的书缘，让学者不必在文中写下他们的注记。此外，阿尔多斯也以不同方式缩小字母，印制常被阅读的拉丁文作家时，则采用轻便的八开本，配上看来类似手写体的斜体圆体字或斜体字。这个划时代的想法不仅让阿尔多斯能在单页中印出更多字母，也让他可以廉价供应他小开本的经典版本。

一五〇二年起，阿尔多·曼奴奇欧有了自己的印工标记，那是一个缠绕了一只海豚的锚，中间的名字被隔成 AL-DUS（阿尔—多斯）两部分。在书籍印工艺术年鉴中，这个标记被称为"阿尔多斯之锚"，象征着深思与工作迅捷。阿尔多的这个印记可能取自文艺复兴最美的书籍《波里菲洛的情欲之梦》这本讽喻小说的一幅木刻插图。

阿尔多虽然取得威尼斯共和国十至十五年的特许状，而且多位教皇后来还多次展延期限，禁止他人翻印他的书籍，不过他的对手完全无视这些特许，仍将阿尔多的标记用在自己的产品上。

阿尔多·曼奴奇欧印制的书籍受到高度称许，不只因为细心的校订，也因为印制的精确与美观以及纸张的质量。阿尔多的能力与严谨认真，让他很快成为一个约有四十位学者的圈子的中心人物。至少诗人彼特罗·本波、史家玛里诺·山奴多（Marino Sanudo）与神学家暨作家伊拉斯摩斯，有段时间亦在这个"新学院"（Neacademie）圈子中。

这个新学院严格规定成员之间只能讲希腊文。不能遵守规定者，会被处以罚金。不支付规定金额与不清还其他罚金者，会被这个古希腊文化研究圈子开除。如果有天意外碰上一名遭到开除的成员，那一天甚至会被视为不幸的日子。缴付的银币会被用在轻松的场合，只要金额足够一起用膳的话，阿尔多斯就该办场盛宴，在这样的日子，大家不想"像个印工"一样用餐。

一五〇七年十一月初，阿尔多·曼奴奇欧收到一封信，尽管自己工作繁忙，依然无法置之不理。对他来说，这封信甚至算是一种特殊荣誉。这封写于十月二十八日的信，来自一名正好停留在波隆纳大学的荷兰学者。信中表示：

> 学识渊博的曼奴奇欧，我常常希望您的技艺与辉煌的字体，以及您的精神与并不平凡的学识，在拉丁与希腊文献中所展露的明亮光芒，亦能带给您相应的功成名就。至于名声，毫无疑问，阿尔多斯·曼奴裹斯的大名将在所有致力神圣科学者的口中永远传颂。正如您现在的名声一样，您的努力不仅巨大，亦十分迷人，令人感到亲切，如我所闻，您致力重新出版并推广优秀作家，认真仔细，不求利润，真是一件艰巨的工作，相当精彩，亦能名传千古，但暂时只能帮助他人，而非您自己。我听闻，您将印行希腊文的柏拉图，而许多学者已在引颈期盼……我奇怪您为何没早些出版《新约圣经》，如果我没弄错，这会嘉惠许多读者，特别是我们神学家这一行的人……

鹿特丹的伊拉斯摩斯比阿尔多·曼奴奇欧年轻二十岁，在荷兰、法国及英国研习神学，钻研古希腊文，在神学与语言教学上已小有名气。身为英王亨利七世御医，意大利医生乔凡尼·波耶里欧（Giovanni Boerio）两位儿子的侍读，伊拉斯摩斯必须陪同两人前往波隆纳大学就读。他借此意大利之旅的机会，顺道在杜林参加神学博士考试。

伊拉斯摩斯在巴黎首度见到活字印刷的书籍。书籍印刷成了他的媒介。将近四十岁的伊拉斯摩斯靠此发明之助，让更多读者接触与了解基督教信仰与古代知识的原始文献。为此，他想出一系列谈话，亦可同时当成优美正确的演说的教学信函与道德行为的指南。他开始收集在他看来对其当代意味深远、大半来自古代文献中的谚语与成语。由于财务因素，他经常担任富家子弟的私人教师，亦可透过这类通俗文本的例子，为其学生清楚讲解古代生活智慧与当代实践的关系。

伊拉斯摩斯在巴黎已经印行近八百条古代文献与圣经中的格言，到了亲切接待他的阿尔多·曼奴奇欧手上时，他的汇编增加到三千二百六十条。他以长篇随笔的形式来解释个别谚语，比蒙田的《随笔》早八十年，娓娓推广着许多生活观点。为了说明伊拉斯摩斯修辞优美的叙述风格，我很乐意引用他关于"快而不乱"这个体现在阿尔多印刷字体中的谚语随笔：

"快而不乱"意味着在关键时刻坚毅果决，却矜持自制，既精力充沛，又思虑周密。这个谚语相当迷人，仿佛一个谜，因为是由两种对立的概念组成……这个说法的生动活力与细腻的暗示，因为贴切与完美的简洁，更形精炼，这也是我特别喜欢（我无法解释为什么）谚语和珠宝的原因，其价值因而高得令人讶异。

如果我们再想想，在这个简明扼要的说法中蕴含了无比丰富、深沉、有用，适合各种生命情境的意义时，大家或许会同意，在无数的谚语中，只有这个谚语值得刻在所有的石柱上，写在所有圣地的墙面上，画在统治者官殿的大门上，而且是用金色字母……因为对所有人来说，这个谚语重要到随时都要思索，随时都要注意，因为奉行这个谚语，可以带给所有人无比的好处，特别是王公诸侯……老天！一名君主的一个犹豫，一个急促的决定会招致何种灾难，令人类何其不幸！

随笔中的这一小段（文中还举出许多古代的例子详加阐释），即可看出伊拉斯摩斯尽管博学多闻，耽于修辞，却随时和当代保持关系。在他抵达威尼斯之前不久，他眼见基督的代理踏上战争之途，令他愤慨不已：在意大利以"恐怖朱立安诺"（Giuliano il terribile）一名著称的教皇朱立乌斯二世（Julius II）正率领他的部队进驻波隆纳，夺回被西泽·波奇亚（Cesare Borgia）从教皇国抢走的这座城市，并在大教堂中和其庞大的随从举办一场胜利弥撒。

伊拉斯摩斯在这座潟湖城市待了八个多月，对威尼斯的艺术，没有任何评论。他在阿尔多忙乱的大印刷坊里不停阅读、写作并校订文稿，在他刚刚完成的《格言集》（Adagia）付梓之际，他又开始准备新的资料。他和那位受人敬仰的印刷师傅合作无间。两位学者并未把推广"教育"视为单纯的知识积累，而是一种型构个体的途径。两人在这教育观念的工作上互补，相互彰显对方的名声。

一五〇八年九月，当其《格言集》刊印完成后，伊拉斯摩斯离开了威尼斯，有了新的目标：年轻的国王亨利八世邀他前往英国。在他越过阿尔卑斯山朝北前进时，伊拉斯摩斯因为好玩，而构思出一部在今日被视为其杰作，并让他名留后世的批评讽刺作品：《愚人颂》。

　　阿尔多·曼奴奇欧于一五一五年去世，其子保罗（Paolo）和小阿尔多继续经营这间著名的印刷坊。在威尼斯储蓄银行后，圣帕特尼安小街（Calle San Paternian）四二一八号屋旁有一座纪念碑，上面写着阿尔多的儿子在此透过印制书籍普及了"市民智慧的新光芒"。在泰拉二号运河的阿尔多之屋处，一段铭文宣称"希腊博学之光"在此开始照亮"一般大众"。

圣马可广场

——

剧场、鸽子与观光客

早上九点左右，仿佛在某个神秘的号令下，圣马可广场两侧的拱廊突然热闹起来。穿着高雅的女士与先生们打开了珠宝首饰、照相器材、慕拉诺（Murano）玻璃、明信片、咖啡与兑换钱币的店铺，动作一致，伸缩铁窗拉了开来，窗户上的木板门被卸下来，安全锁打了开来，随着钟楼与附近教堂的晨钟敲响之际，铁卷门全被嘎啦拉起。在揭开这种别致的铁幕序幕后，这些优雅的先生女士们进入他们的店里，等着这一早的第一批顾客和每天在他们眼前这座世界最著名的广场上上演的小型全球戏剧。圣马可广场是全威尼斯唯一被称做"皮亚扎"（Piazza，意为"广场"）的广场，其他的广场只能屈就于"坎波"（Campo，意为"场地"）这个名称。

在几段钢琴音乐伴奏下，揭开了这出戏的序幕。在弗罗瑞安咖啡馆（Caffè Florian）前的一个遮棚下，一个（今天来自罗马尼亚的）伴舞乐团的钢琴师在他的平台钢琴上演奏起来。此时，穿着雪白夹克的侍者拉开了拱廊柱子间沉重的灰白色帘子，让人可以眺望整个大广场和对面的拱廊，那边的瓜德里咖啡馆（Caffè Quadri）一样有个乐团演奏着。

这两个威尼斯的老咖啡馆不仅在音乐上互别苗头，在传统、素质与顾客上，他们几百年来也是理想的竞争对手，而这期间也有其他的咖啡馆介入，譬如拉文纳（Lavena）。但谈到年岁，弗罗瑞安自然拔得头筹。一七二〇年十二月，这间咖啡馆在威尼斯政府官员住处所在的新行政公署的拱廊下开幕，至今仍是全欧最老的咖啡馆。第一任老板弗罗瑞安诺·法蓝契斯科尼（Floriano Francesconi）把他当时仍靠一盏油灯照明的小咖啡馆称为"辉煌的威尼斯"。对面的瓜德里咖啡馆直到一七七五年才开张，今天和弗罗瑞安一样座无虚席，一样价昂。不过，这间咖啡馆倒是可以自夸为威尼斯第一间供应地道土耳其咖啡的咖啡馆。

在这两间富有传统的拱廊咖啡馆间的大广场，两侧是新旧行政公署，前端是圣马可大教堂，而尾端则是稍窄的所谓拿破仑翼楼，一座古典的希腊式拱门（Attika），饰有古代神祇的雕像与浮雕。拿破仑在他短暂统治这座潟湖城市之际，为了实现自己的方案，在一八〇七年断然拆掉雅克伯·山索维诺在这所建的圣杰米尼安诺（San Geminiano）教堂，颇令威尼斯人愤慨。尽管这名可恨的法国皇帝喜欢圣马可广场，称之为"欧洲最美的沙龙"，表示"只有天空才配得上"这座广场的穹顶，威尼斯人依然无法接纳拿破仑。

在威尼斯被法国人和奥地利人轮流占领之前许久，圣马可广场便是这座潟湖城市辉煌的中心。在接待外国国宾与举办大型庆典时，这位"海洋之后"展示出自己各种华丽的身段，要是没有她长期以来无远弗届的海洋政权，根本无法想像。

自十四世纪以来，史家、诗人与画家便以文字和画面捕捉下圣马可广场上的狂欢庆典。例如，一三六四年征服克里特岛（Kreta）后，在这个当时仍布满草地的广场上举办的马上竞技狂欢活动，便永垂不朽，或像一四八四年和费拉拉（Ferrara）缔结和平协议时的隆重庆典。至于圣马可广场上的嘉年华会，艺术家们也早就留下见证。譬如法蓝契斯可·瓜尔狄（Francesco Guardi），便画下一幕狂欢节的场景，只见一名杂技演员在一条悬在钟楼与总督府之间的绳子上以惊人的速度滑下，表演所谓的"土耳其人飞跃"。至于那些威尼斯人镇日，甚至一整周把他们的广场变成一个公开舞厅的假面庆典与舞会的图画，更是难以胜数。

没有庆典之际，圣马可广场也是欢乐与悠闲的象征，像弗罗瑞安这样的咖啡馆，每日吸引着不在乎自己镇日看来无所事事的年轻男子。一八六一年，在威尼斯担任领事的美国作家威廉·迪恩·豪威尔斯（William Dean Howells）在他的日记中吃惊地记载到："如果问到一名威尼斯父亲他儿子的职业时，他会骄傲地回答道：'他在广场上！'也就是说，他拿着一根手杖，戴着洁白的手套，在弗罗瑞安咖啡馆中，瞧着窗外路过的仕女。"

今天的圣马可广场依然有着许多好好打量的机会。从春季到晚秋，广场上的咖啡馆前密密麻麻摆着桌椅，只要早上十点一边的乐团奏起莫扎特的《小夜曲》，而另一边同时响起《窈窕淑女》时，便已座无虚席。这时，观光客在广场中央没有椅子之处踱着步，有点不知如何应付这样美丽的一天，但相机随时备好，以防万一，谁知道会发生什么事。

你看，没多久，这座被全世界当成独特艺术作品推崇热爱，却颇受危害的梦幻城市，便给了几名游客一些他们自己所想拍照的对象。一对中年观光客夫妻蹑手蹑脚直朝广场上一张空椅子靠了过去，男的备好相机，而女的手臂里抱了一只正吠叫着的白狗。这两人一狗的目标显然是一只在薄薄的塑料椅背上晃来晃去，努力保持平衡的鸽子。男的对着这摇摇晃晃的小动物举起相机，但还来不及按下快门，鸽子就已朝圣马克大教堂方向飞去，一名卖饲料的小贩这时正好推着推车出现。这对观光客有的只是椅背上一块白色的污斑。

但跟着又有新的大事发生。广场较远的一端不时传来窃笑和唧唧喳喳的声音，甚至盖过那两个乐团。一大群日本女学生想出一个特别的游戏，大家朝着脚下灰蓝色的鸽海撒出饲料。正当鸟群忙着啄食时，女孩们突然踩着快速的小碎步，鸟群整批飞起，她们捂住耳朵，纵情地尖叫。这个小游戏一而再地重复，不久后，拿着相机的人群从四面八方向广场涌来，以免错失大舞台上这个轻松的小戏码。

提香可以再等上一会。

（一九七九年五月）

宫殿中的披萨店

——在彼特罗·阿雷提诺家用餐

在大运河旁吃顿简便的中餐。玛格丽特披萨香味四溢，绿色色拉鲜艳动人，卡本内（Cabernet）红酒在杯中闪耀，阳光洒在摇晃的摇船、拥挤的水上巴士、载着饭店换洗床单的货船及税务机关笛声急迫、穿越繁忙水道的快艇。这座世界最美的城市，每天都是如此。

"公共汽船"（Omnibus）披萨店就是这样一个可以综览这一切的地方，离里亚多桥（Rialto）水上巴士站只有几米远，从桥上就能看到店外红蓝相间的大太阳伞。伞下摆设着几张四人座的桌子，一个漆成绿色的细铁栏杆护着客人不会掉落到深绿色的运河中。

我坐在运河旁披萨店前的一张太阳伞下，欣赏着威尼斯最著名的河道上缤纷的场景。河水拍打着河堤，啪啪出声。光秃细长的树干突出水面两三米，用来停放摇船。对面两艘黑色摇船旁的木桩标界间，也停泊着颜色明亮的汽艇。一艘警察快艇呼啸而过，溅起水花，系住的摇船啪啪起伏，不一会又平静下来。温和的十月太阳，透过太阳伞间的空隙，洒落在观光客舒坦的脸上。

里亚多桥后头，可以见到德国货栈（Fondaco dei Tedeschi）的屋顶。今天，那里是个邮局，而五百年前，这个有间雄伟入口大厅的大型建筑是德国人的贸易中心，正值彼特罗·阿雷提诺的时代。就在这里转角处的圣露卡（San Luca）小教堂，葬着阿雷提诺，没有墓碑，因为他被当成异端，但事实上，在他活着的最后几年，他一直想着成为一名红衣主教。

乍看之下，"公共汽船"披萨店和其他许多大运河岸旁的披萨店没什么差别，但这个店铺大有来头。只要我们蜿蜒穿过众多的观光客与明信片和纪念品商贩，在"公共汽船"前弄到一个座位后，是有足够的时间在上菜前打量一番这间披萨餐馆左右两侧古老宫殿雄伟的墙面。这样便会注意到，这间店铺并不像一间现代的披萨店一样厕身在新建筑中。"公共汽船"可是自信地窝在一栋有着高窗、狭窄、几乎可说窈窕的宫殿中，介于风化了的华丽宽大建筑间。这栋四层楼建筑是哥特式风格，已有七百年的历史，让人难以置信。在这栋被称为当多罗屋（Ca Dandolo）或当多罗宅子（Palazzetto Dandolo）的威严的小宫殿中，住的再也不是威尼斯的贵族家族，而是披萨师傅路易奇·安奇洛托（Luigi Ancilotto）。

"我们经营这家披萨店已经三代，"敦实矮小的路易奇·安奇洛托说，他刚卷起袖子走出厨房，有点汗湿，手臂粗壮有力，目光亲切。"以前这栋宅子中，有间咖啡馆，当时就叫做'公共汽船'，我们干脆就沿用下来。"

今天，一间位于哥特式宫殿中的披萨店，在威尼斯显然不会被当成破坏风格的事。许多位于这条世界知名水道两旁的雄伟古老宫殿，早已没有私人住在里面。"对私人屋主来说，开销实在太高。"披萨店老板解释。银行或保险公司已迁入一些宫殿中，其他的空置，并待价而沽。许多宫殿则被市政府当成办公室，有些成了博物馆。

理查德·瓦格纳（Richard Wagner）住过，并在一八三三年去世的房德拉明—卡勒奇宫（Palazzo Vendramin-Calergi），在冬天时成了威尼斯的赌场。那一栋宫殿中有间披萨店，又有何妨？

再说，"公共汽船"这个名字很合一楼的餐厅，只见一条狭窄的走道贯穿用餐的座位。浅色的木头与红色的桌面构成的简洁家具，带有一种度假的气氛。一盏白色慕拉诺玻璃制成，让人忆起这栋宫殿早年辉煌的巨大吊灯，从低矮的二楼穿过椭圆形的中空天花板垂至一楼的餐厅。

或许当时咖啡店的店主在选择"公共汽船"这个名字时，也考虑到这个字的拉丁文含意："献给众人"。

这个愿望毕竟实现了，至少对安奇洛托一家来说。因为和大运河旁的许多餐馆相比，坐在"公共汽船"里面与外头的客人并非只有一脸悠闲的外国观光客，也有会欣赏路易奇先生厨艺、穿着高雅的威尼斯人。那一批侍者在这不只端出不同口味的披萨，还包括面点、肉类与海鲜。由于这座小宫殿一楼与二楼的座位早已无法应付众多的客人，而多数客人在阳光普照的日子时，偏爱坐在外面享用美食，这家餐厅便有一部分移到外面。客人在这坐在铺着白布的桌前，一边用餐，一边欣赏热闹的运河。

如果这座古老的宫殿没有独特之处的话，"公共汽船"这间餐厅大概便和威尼斯其他的馆子一样。只有极少数的威尼斯人知道四百五十年前这里住着一位声名狼藉的人，就连观光局的人也不知道谁在这里住过、爱过、办过宴会与写作过。路易奇·安奇洛托这位坚持传统的老板倒是知之甚详。"那是文艺复兴时期的诗人彼特罗·阿雷提诺，"他带着狡黠的微笑说道。"他被称为'非凡的阿雷提诺'，他这一生最后七年是在这座宫殿中度过，并在二楼去世，那是一五五六年十月。我们有份文献，稍等一下！"路易奇先生离开一下，带着几张老文献的复印件回来。白纸黑字上果真写道，作家彼特罗·阿雷提诺十六世纪时住过这座宫殿。"他不但是为重要的诗人，也是个知名的美食家。"披萨店老板笑说。但为什么不像其他艺术家的住处那样，在房子前有个官方标示，证明他在这住过？"我们这里大概弄不到这样一个标示，"路易奇先生表示怀疑。"虽然彼特罗·阿雷提诺当时全欧知名，但也十分具有争议。"

他当然是有争议，这位轻佻的诗人与青楼女子之友巨细靡遗地检视着君侯人物的私生活，并以第一位揭秘记者的身份名流青史。他亦是一名启蒙分子，以大胆的文章告知当代人不该盲从俗世与教会政权。他更是一名重要的书信家，尽情谈论着美食。

路易奇·安奇洛托详熟这位文艺复兴诗人的爱好："阿雷提诺常常招待宾客，特别是艺术家，他和提香及丁托列托（Tintoretto）是朋友。这样一场宴会，大半时候也会邀请知名的女子。阿雷提诺多半自己下厨。"在路易奇先生不得不再进厨房前，又赶忙说了一件轶事："阿雷提诺总是慷慨大方，有一次，一群外人经过，正巧几名阿雷提诺的朋友出来，激动地谈着他的厨艺。这些外人听到，以为这栋屋子是间餐厅，便走了进去，点了菜肴和饮料，并受到他们并不认识的阿雷提诺的妥善招待。等他们吃饱喝足后，准备付账时，阿雷提诺没向他们索取分文。等到阿雷提诺的一名友人对他们解释他们被谁招待时，他们感到无比吃惊。"

路易奇先生一聊，就差点忘了他的工作。他进厨房一会，指点一下，又再回来。"阿雷提诺不是威尼斯人，"他说，"他来自托斯卡尼，因此往往也做托斯卡尼菜，那都写在他信里，自然让我们感兴趣。如果我们的客人想尝一下，我们自然义无反顾。"他说的是食谱？还是厨艺秘诀？"不，不，有人想要，都可以查得到。譬如，他的托斯卡尼炖肉，便是配上胡瓜的炖小牛肉。肉切成小块，胡萝卜、辣椒、芹菜与洋葱全都切成小块，然后以热橄榄油炒过肉块，接着加入蔬菜，洒上一茶匙切成末的迷迭香，以胡椒、盐和一瓣切成末的大蒜好好调味，再来是——"路易奇先生想了一会，显然记不清楚食谱的后半部。"托斯卡尼炖肉再来怎么做——米配上酒和高汤，还有呢？"他朝厨房喊着。"胡瓜！"有人从烟雾弥漫的厨房中喊回来。"对半切开，除掉籽，再切成片！"

"没错！谢谢！"路易奇先生对他的厨房伙伴道了谢，再对好奇的客人重复说："加上切片的胡瓜，全部一起炖上五分钟，可以配上白面包一起吃。简单，但味美。"

谢谢，路易奇师傅。我们现在知道了。

（一九九六年十月）

薇洛妮卡·法兰柯
——交际花与诗人

一五七四年七月十八日，威尼斯盛大迎接二十二岁的亨利·冯·瓦劳（Heinrich von Valois），他三个月前才成为波兰国王，现正准备动身回巴黎，登基为法国国王。在他访问威尼斯之际，这名年轻的国王住在大运河上华丽的弗斯卡里宫（Palazzo Foscari）。那些为他举办的奢华庆典活动中，包括了大运河上的划船比赛、圣马克教堂中的弥撒、一场华丽的烟火与总督府内三千人的宴会。

　　隔天，这位法国贵宾品尝了夹心糖果与蜜饯等王室点心，甚至可食用的桌布与所有餐具等"一些前所未有的东西"，如一名编年史家兴奋注记到那样：全都是明胶制成的甜点。接着，社交活动晚上在总督府达到高潮，一场华丽的舞会，威尼斯最美的两百名女子现身，全都穿着白衣，戴着大量珠宝首饰。

　　不过，尽管活动一个接着一个，年轻的国王不乏选择动人女子的机会，亨利还是抽空私下拜访一名住在里亚多桥附近的女士。国王虽然匿名拜访，但隔天全威尼斯都知道他在何处过夜：交际花与诗人薇洛妮卡·法兰柯（Veronica Franco）为他朗读了自己的诗作。

　　这点至少可以确定。因为不久后，薇洛妮卡在给亨利·冯·瓦劳的一封信中热情写道，她的谢意"全然不及您无尽的情谊于万一，是您亲切批评我献给您的书时所流露出的"。薇洛妮卡字斟句酌，感谢年轻国王的厚爱，恭敬，却不卑躬屈膝，"陛下纡尊降贵，造访寒舍，取我画像，陛下动人图像，遗留我心，气概英雄，非凡过人……"

连同这封信，这名谈吐高雅的交际花还寄给国王自己的十四行诗，再以神话方式致上谢意：

仿佛朱彼特般，善意拳拳
降临凡尘，眷顾吾等
光华逼人，俗世晴目
无法直视，遂化为人身

光临寒舍
卸下盲我瞳目的君王威仪，
亨利，天命所选
不拘一界

至高无上，非比寻常
光芒直入我心
心悦臣服。

他情意款款
收下我的彩釉画像
与我相别，亲切坦然

薇洛妮卡·法兰柯是意大利文艺复兴时期著名的交际花之一。国王的夜访让她在交际花圈子中别树一帜。无数男人拜倒在她石榴裙下，包括有钱的单身汉，无趣的已婚男子，少年贵族，热情的艺术家等。这名多才多艺的威尼斯女子，似乎拥有个别出现在其他交际花身上的各种魅力：美丽、性感、聪慧、大方与热情。

由于这些特质和强烈的求知欲，出身寒微的薇洛妮卡·法兰柯才能成为贵族男子的伴侣及人人称道的诗人，她许多精美的诗篇都集结成书，而像丁托列托这样的大画家也为她画像。在一封给那位著名画家的信中，她写道，既自觉光荣，又对自己保持着一定的距离：

> 我听过一些熟知古代，并懂得艺术的大人物说，我们这个时代，甚至今天，都有不输古代，甚至优于古代的画家与雕塑家，如米开朗琪罗（Michelangelo）、拉斐尔（Raffael）、提香，以及今天的您。我这么说，不是在奉承您，那已是人尽皆知的事。如果您不这样认为，也是因为您对自己的名声充耳不闻……
>
> 我敢说，当我看到您所画的我的画像时，我晕眩了一会，不知道那是张画，还是凭空想像，是我面前的某种幻象，让我自恋，老天，我不认为自己那么美，要担心自己被自己的美烧毁。

像其他包括意大利以外的城市一样，在威尼斯常常见到出身没落世家的女子长年出卖爱情，借以维持家计。一五四六年生于威尼斯的薇洛妮卡·法兰柯，便是来自这样一种家族，他们甚至拥有自己的徽章。关于薇洛妮卡一家，除了她有三名兄弟，且母亲葆拉（Paola）也是一名交际花外，我们所知不多。薇洛妮卡的父亲法兰契斯可职业为何，为何无法单独扶养整个家庭，我们无从得知。至少她的母亲不久后，便成了她美丽女儿的老鸨。靠着她和上流社会自觉建立的关系，这位母亲得以不让孩子流浪街头，并在薇洛妮卡年轻之际把她嫁给一名威尼斯医生保罗·帕尼札（Paolo Paniza）。不过，这段婚姻很快便结束，薇洛妮卡离开了帕尼札。十八岁时，她生下第一个孩子，一个儿子，但不是和她的丈夫，而是和她当时的情人雅克柏·巴巴里（Jacopo Baballi）所生。

一五六四年八月十日，在孩子出生前不久，这位年轻的女子为防自己无法捱过分娩，立下一份遗嘱。看来她比较信任巴巴里，而非她的丈夫。她留给情人一枚戒指以资纪念，把未出生的孩子托付给他，并请他处理她留给小孩的一点财产。她母亲建议她说服丈夫交还薇洛妮卡的嫁妆——保罗·帕尼札看来并未善待他年轻的妻子。

大约在薇洛妮卡第一次身为人母之际，有份清单出版，"指名道姓记载下威尼斯所有重要知名的交际花与老鸨，以及她们的住处与市区所在，包括男士一亲芳泽的价目"。这份民间称为《妓女宝鉴》的清单是献给当时的"威尼斯交际花之后"丽维雅·阿札林纳（Livia Azalina），她的价码高达二十五个金币，而其他威尼斯交际花的爱情服务费用，一次最高只达十个金币。

薇洛妮卡和她母亲也被纳入这份清单。她们当时住在圣美玛丽亚教堂（Santa Maria Formosa）附近。从清单来看，这两名女子的价码只有两个金币，而最低的服务费用是一个金币。在清单中，葆拉是她女儿的老鸨。从低廉的价码来推测，薇洛妮卡的母亲当时已经人老珠黄，而薇洛妮卡则开始起步。因为一阵子后，薇洛妮卡已是"身价百倍"，一个吻都不少于五个金币。薇洛妮卡在她黄金时期提供米歇尔·德·蒙田（Michel de Montaigne）在造访威尼斯时就事论事所称的整套服务，收费高达五十金币，十分可观。而她显然也提供她在一首诗中所承诺的服务：

> ……紧紧依偎在您身边
> 让您体会热情的爱意
> 偷情的滋味；
>
> 我想燃起您的欲望
> 欢畅无尽
> 浓浓的爱跟着苏醒。
>
> 床笫之间，
> 我既端庄，又无比浪荡
> 仿佛爱意无限；
>
> 高潮愉悦
> 紧紧拉起已有的束缚
> 爱的锁链，无法解开……

"如果有人告诉你，某个交际花爱上某个男人，至死不渝，那绝对不是真话，"彼特罗·阿雷提诺笔下的情妇娜娜（Nana）告诫她的女友安东妮雅（Antonia）。"一名人尽可夫的女子不可能真正爱上某个男人。""这是我的经验之谈。"她证实道。

从前一首诗来看，在这点上，薇洛妮卡·法兰柯显然和阿雷提诺显得真实的杜撰人物不同。她可以热情如火，也妒意十足。在她的一首诗中，薇洛妮卡描述着她短暂的失恋，希望能将情人再次拥入怀中，坦白可信：

> 你很快会发现
> 你是多么狠心不忠
> 欺我瞒我，何等不公。

> 若非我的爱意浓烈
> 压过怒气
> 我会双手
> 活活挖出你的心……

> 看着我俩缠绵的床
> 留有我们爱的痕迹
> 裸胸相对。

> 少了你，在那安枕亦无乐趣
> 反而日夜落泪
> 泣哭不止。

这些诗让人看来，仿佛薇洛妮卡懂得让她花钱的客户，认为他是她唯一的情人。有一次，她听到一名儒雅的男子在桥上偶然相遇之际，立刻爱上了她时，她在一封友好的回信中也对这名男子表示"她亦有相同的感觉"，并寄上一份她所有十四行诗的手稿。

对另外一位爱慕者，她写信道歉，表示无法其所愿，因为此刻的她不是"自己意志的主宰"。第三位让她感到他想"强占她心"的爱慕者，她则客气且果断回绝。有回，她甚至在隆冬时离开威尼斯，只因一名爱慕者过分纠缠。

薇洛妮卡众多的熟人中，包括许多上流圈子的男士，譬如红衣主教路易奇·爱斯特（Luigi d'Este）与蒙都亚总督古格里蒙（Guglielmo von Mantua），后者她曾献上自己的诗集。她毫不保留，文句谦卑，把自己的诗寄给总督，听任他批评自己粗鄙的诗作，同时显得"卑躬屈膝，死心塌地"，依附于他，不能自拔。她让她的一个小儿子送上这本小书，他一样尊崇总督，会在"陛下面前同样忠心无二"。

和薇洛妮卡策略性的谦卑姿态相对的，是她令人印象深刻的自信。她知道，由于她的天赋，她在自己这行中是个特异现象。艺术之友会邀她这位受人尊敬的女诗人参加文艺沙龙，而和她同床共枕，被贵族男子视为莫大荣幸。她在一首献给故乡威尼斯的诗句中，表达出众人对她的景仰，"至高无上的处女，纯洁无瑕，统治海洋"，这是一座无与伦比的城市，有着金色的大理石宫殿，华丽无比，大海"不断归来瞻仰她的绝色"。在另一首诗中，这座潟湖城市受到类似的歌颂：

遗世独立

威尼斯在水上浮现

是上天玄妙的决议

天帝乐见，在这城中

安置信仰永固的居所

其他居所被迫建于地上。

天帝乐见

所有的甜美移至岸边

声名永垂，喝彩不断。

薇洛妮卡在既有的本职外，身兼慈母的角色，赢得众人尊重，交际花与诗人的名号又再锦上添花。不同于多数不愿有子嗣的交际花，薇洛妮卡不但六度身为人母，并自己拉扯所有的孩子。不过，她看来并不完全清楚所有孩子父亲的身份。可以确定，一名儿子是她和富有的显贵安得烈亚·特隆（Andrea Tron）所生；另一名儿子则来自一名有妇之夫圭多·安东尼欧·皮左马诺（Guido Antonio Pizzomano）这个情场浪子。一五七二年，他被宗教法庭审判，不只招认他和薇洛妮卡·法兰柯有个孩子，也承认自己罪有应得，纳一名脱逃的修女为妾——虽然如他所言，他的妻子并不反对。

薇洛妮卡第四个孩子的父亲是洛多-维科·朗贝提（Lodo-vico Ramberti），其父史提凡诺（Stefano）在威尼斯极富声望的人，拥有里亚多桥旁的一间药局。洛多维科虽然放荡不羁，但似乎真的喜欢薇洛妮卡，几年来一直关系密切。他在威尼斯赫赫有名，主要因为他让他兄弟彼特罗不致下场屈辱。彼特罗显然是个易怒的人，在争

33

执中杀了他的姑姑，因而被判死刑。当洛多维科吻别他兄弟时，把一小颗含有剧毒的坚果塞到彼特罗嘴中。彼特罗吞下后，当场死亡。

薇洛妮卡完全没有卷入任何丑闻。不过，有一次她不得不到威尼斯宗教法庭答辩——她孩子的家教指控她"施行巫术"来掩饰自己偷窃薇洛妮卡财物一事。好在这位聪明的交际花能言善道，避开这个致命的指控。此外，她和重要人物的情谊，亦有助撤销这个荒谬的指控，保住薇洛妮卡的名声。

尽管从一切迹象来看，不像其他交际花，薇洛妮卡十分满意自己的生活，但在内心显然对她这行保持一定距离。一五八〇年，在她三十四岁出版的信中，她生动描述交际花生活的乐趣——可在公侯的花园中避暑，在大运河上搭乘摇船，欣赏音乐，和亲密的朋友过夜调情——但也可看出，她彻底看不起交际花这一行，因为让女人完全依附金钱与男人。当一名她的同行对她说，想让自己的女儿成为交际花时，薇洛妮卡便断绝了两人的关系。

在许多诗中，薇洛妮卡·法兰柯表达出对经久的爱情的渴望，是一种和她这一行现实正好相反的渴望。这位威尼斯最著名的青楼女子在一封信中评论道："没比迫使自己身体屈从更加不堪的事了，一想到要忍受危险、欺骗、掠夺，甚至丧命，就让人害怕。几年累积起来的一切，可以在瞬间失去，而且要不断冒着染病的危险。用别人的嘴吃东西，在别人的目光下入睡，受到别人的指使，听任自己丧失能力，生活被毁，还有哪种命运比这更加不堪？"

和她某些受到客户恶劣对待的同行不同，薇洛妮卡总能全身而退。但她知道，不仅富有的交际花要担心自己的健康，那些未受保护的流莺更要时时注意。薇洛妮卡之前，从未有交际花如此坦白与负面谈论着买卖的爱情生活所要面对的身体危机与精神负担。

一八五三年，两份十六世纪的匿名文献出土，虽然不知道谁是这些文献的作者，但从笔迹及一些传记上的数据来看，毫无疑问出自薇洛妮卡·法兰柯。其中一份指出，许多女孩因为贫困或教育不足，而过着自己宁可放弃的放荡生活。如果没有同时教导这些妓女可以抬头挺胸赚取自己生活所需的技艺，而直接把她们送到未婚女子之家，甚至修院，便毫无意义。

第二份文献包含一个没有官方补助的住屋计划的详细财务资料：所有死后没有孩子的威尼斯交际花的遗产，可以用来发展这个住屋计划。

这些意见当时是否有官员见过，并无数据显示。不过，威尼斯在一五八〇年可能建有一座女子之家，而且看来是出自一位匿名人士之手。随后几年，城内许多教堂都有这类意图，十年后，卡密尼河岸（Fondamenta Carmini）上的救济院才能盖起自己在一五九一年三月十六日开幕的医院。

四个月后，一五九一年七月二十二日，聪明美丽的薇洛妮卡·法兰柯去世，时年四十三岁。

蒙田

——旅行是有用的功课

一五八〇年与一五八一年间，米歇尔·德·蒙田（Michel de Montaigne）从事了一次意大利、瑞士与德国之旅。作者在他著名的《随笔集》中，以十分个人与直率的方式描述他在旅途上试图和不同外国人打交道的情形，和多数他的法国同胞正好相反。在他看来，他的同胞只习惯蹲在家里不出门："我见到自己的同胞固守自己的习俗，只要不合自己习俗的，就一律犯疑，总让我无地自容。"蒙田批评道："他们只要一出自己的小村子，似乎就手足无措。不管去哪儿旅行，他们只会固守自己的习惯与生活方式，厌恶陌生的事物……因为多数人去旅行，只是为了再回家，保护自己不受未知的空气感染。"

　　蒙田完全不同，他把旅行视为"一种有用的功课"："我不知道有哪个教育生命的学校，会比不断亲眼看到其他生活方式、性情与习惯的重大差异，更加优秀。"靠着旅行，大家便可不费太多气力认识与学习珍惜多姿多彩的世界。

　　蒙田估算他的壮游至少要两年，却在十七个月后便告中断，主要是因为这位作家在他《随笔集》中以他典型的率直经常提到的病痛。一五七七年起，当时蒙田四十五岁，他的肾病第一次发作，他父亲也曾为这毛病所苦。"我被苦痛不堪、致命无救的疾病缠身，"

蒙田怨道，"愈来愈常发作，看来痊愈无望。"

蒙田对当时的医术并不抱持太大希望，因此宁可造访欧洲知名的温泉疗养胜地，如瑞士的巴登（Baden）和托斯卡尼的路卡（Lucca），希望在那能够缓解病痛。除了疗病的因素外，促使他踏上这段多半时候在骑马的漫长旅途，还有想离开自己一成不变的蒙田城堡周遭环境一阵子，研习其他的地方与人们，观察自己反应的动机。蒙田写道，无论健康与否，他一直想做那些让他感到强烈兴趣的事。医生的处方往往比病痛更加令人讨厌，他认为以毒攻毒，根本一无是处。"由于我被结石所苦，"他表示，"所以要我戒掉吃生蚝的乐趣，这样一来，我生的不是一种病，而是两种，一边是病痛，一边是处方。"

一五八〇年九月初，米歇尔·德·蒙田骑马离开他在波尔多的城堡，先短暂礼貌性地拜访在巴黎的国王亨利三世，恭敬献上他《随笔集》的前两卷后，便展开他仔细筹划的旅行。蒙田有五名贵族朋友及几名仆役随行。起初几个月，他的仆人也担任秘书一职，超过三分之一的旅行手稿出自他的手中。其他以第一人称记下的部分，则是蒙田亲自撰写的。

蒙田意大利行的主要目的地是罗马，但在途中，他坚持要一访威尼斯。这一行人在几周的骑行后，经过普隆毕耶（Plombière）、巴登、奥古斯堡和波岑（Bozen），在十一月五日来到威尼斯的门户帕多瓦（Padua）。他们在那停留一天，浏览了老城，意外在当地的马术学校见到一百多位年青的法国贵族。在他看来，这一大群人更证实了他的批判观点，如果只待在自己同胞中，便无法认识异国的语言与风俗。每当他想不受打扰，看看自己甚感兴趣的东西时，便往往脱离他的那一行人。

蒙田在帕多瓦很高兴遇见不久前的历史人物。他在圣安东流士（Antonius）教堂许多大理石与青铜雕像中，认出威尼斯红衣主教暨诗人彼特罗·本波这位当代人物的胸像，他熟知这位上个世代颇具影响力的杰出人士。正如日记中所言，蒙田十分仔细地研读这位一五四七年去世的博学人文主义者的作品，发现他的作品呈现出"他温和的品行和高贵的思想"。隔天早上，他们沿着布连塔河（Brenta）骑行，赞赏着河岸旁华丽的别庄时，他又见到另一个熟悉的名字：在米拉（Mira）当时一栋属于威尼斯贵族康塔里尼（Contarini）的宫殿中，他们见到一段铭文，表示一五七四年八月一日（即六年以前）"法国国王亨利三世由波兰返国"拜访威尼斯时，住过这里——就是那位在薇洛妮卡·法兰柯处做客的年轻国王。

骑了二十英里后，这一行人终于抵达弗辛纳之家（Cà Fusina），一间码头旁的客栈。"我们在这用了中餐，上了一艘摇船后，便在晚餐时刻抵达威尼斯。"这在旅行日记中听来让人期待。

"搭摇船到威尼斯用晚餐"——读者现在要是期待这位刚刚抵达的游客在见到这座潟湖城市时，会无比兴奋的话，就会大失所望。到此为止，蒙田巨细靡遗说着他所见到的各种芝麻小事，但他日记中的威尼斯却只有三言两语。关于见到水都的第一印象，他未置一词。接下来的记载显得扼要：

> 隔天早上，周日，蒙田先生拜访国王的公使杜费耶（du Ferrier）先生。他受到妥善接待，参加弥撒，出席餐宴。

蒙田只从书本和道听途说中认识威尼斯，因而星期一他便觉得该城的名胜古迹早已耳熟能详，而有其他想像，想看更特别的东西。他的仆人在这天的旅行笔记中扼要记载："他似乎更注意警察、地理位置、兵工厂、圣马可广场和大量的外国人。"

不过，到了晚上，蒙田收集了这些客观的信息后，本可好好享受一次私人的会晤。他的仆人记下："星期一，十一月七日，晚餐时候，威尼斯一名年轻女子薇洛妮卡·法兰柯送来一小册她自己亲手写的信为礼；他给了送信人两个银币。"

除了这个简短的注记，蒙田的随笔中没有其他数据。他的国王私下拜访这位迷倒众生的交际花一事，蒙田一定一无所知，不然他对送到他威尼斯住所的这件礼物，应该会另眼相待。他是否已经知道薇洛妮卡的大名和她的职业，是否有瞧上一眼那些无疑有着诗句的信，我们无法得知。

不过，不能完全排除蒙田因为自己健康状况不佳，而不太愿意拜访女性的可能。从他日记中可以得知，在薇洛妮卡·法兰柯试图接触后没多久，他"结石发作，持续两三个钟头，在晚餐前，他排出两颗大结石"。

再说，蒙田对威尼斯交际花十分失望。如他所记，虽然在他短暂的威尼斯之行中，他认识几名重要的交际花，却看不出她们为人传颂的美丽何在。当他听到水都大约有一百五十名交际花——事实上超过两百位——且多数在置装与家居布置上一掷千金时，感到十分吃惊。

从他短暂停留之际写下的笔记来观察，看不出蒙田自己或他那一行人随后四天在威尼斯的所见所闻。读者得知，"他花了两个里弗

（Livres），大约十七个苏（Sous），租了一艘摇船一整天，不需要再付给船夫额外费用"。不过去了哪里，就无从得知。关于艺术、大运河上的华丽宫殿、音乐、戏剧、丝绸般的空气、色彩等，他没有任何评论。难道水都美到让他说不出话来？还是这位追求真相的细心哲人与自制的内省文士，就是不愿臣服在那种无从捉摸的"氛围"中？

这一行人在十一月十二日周六离开威尼斯，回到帕多瓦，继续他们的意大利之旅。隔天下午，蒙田找到前往温泉圣地亚班诺（Abano）的快捷方式。

不过，这位法国作家并不像起先那样，对威尼斯无动于衷。不断带着书旅行的蒙田，显然刻意在帕多瓦留下一本他之前刚从威尼斯买来的书。他为何如此？在关于亚班诺的旅行随笔中，可以找到答案。蒙田在那觉得没必要再去参观附近因其优美景色闻名的普拉奇亚（Praglia）修道院，因为："他认为他还有机会好好走访这整个地区，特别是威尼斯。他不认为有必要立刻参观，并会在造访威尼斯时，过来一访，他无法一直抑制自己再次见到威尼斯的热望。"这点似乎还不足证明威尼斯在他心中的地位，因为随笔中继续写道："没见到这座城市，他到了罗马或意大利其他地方，只会不安，因此他才离开原定路线，出游威尼斯。"由于蒙田期待再访威尼斯，便把在当地所买的书暂时搁置在帕多瓦。

不过，天不从人愿。这一行人先是继续前进，经过佛罗伦萨——虽然该城有"美丽之城"的称谓，蒙田还是认为佛罗伦萨根本无法和威尼斯一较长短——前往罗马，最后来到温泉圣地路卡。一五八一年九月，他在那得知自己被选为波尔多市长。受结石所苦的蒙田只好踏上漫长的回程，在十一月三十日，在他离开十七个月又八天后，米歇尔·德·蒙田回到自己的城堡，就任新职。

他再也找不到其他机会造访水都，后来让他多次感到惋惜。从他《随笔集》中，可以十分清楚地看出，他心中深深挂念着威尼斯。除了巴黎之外，这座潟湖城市便是他的最爱。正如他的同胞司汤达（Stendhal）宁愿生为米兰人一样，蒙田自己则写道，最希望诞生在威尼斯。

托马斯·柯耶特

——步行的清教徒

一六〇八年，英国作家托马斯·柯耶特（Thomas Coryate）有一趟法国、意大利与德国之旅。一五七七年生于索玛塞郡（Somerset）奥德孔伯（Odcombe）的这位作家，在温切斯特（Winchester）和牛津就读，后在英国王储亨利·韦尔斯王子处任职，在他类似日记的笔记中报道着他大范围的欧洲之旅，其中也包括了威尼斯。

　　这趟旅行，柯耶特因为费用因素，往往徒步，却在五个月内造访了至少四十五座城市。在人文主义时代，多元的教育让一名学者有可能在短时间内清楚了解不同地区的文化，并做出各式各样的报导。柯耶特自己已把旅行视为人文主义教育的重要成分。

　　托马斯·柯耶特在威尼斯停留六周之久，并在这段期间观察记录了许多东西。从他事先确定自己住处和旅行地点间的距离，便可看出他那有时有点迂腐的认真周密：从索玛塞郡的奥德孔伯到威尼斯共九百二十五英里。

　　"我观察威尼斯这座无比荣耀、卓越出众、宛若处女的城市。我称威尼斯为处女，因为这座城市从未受到征服，"作者有点夸张地开始描述威尼斯，并谦虚表示，"这座城市清纯与无与伦比的壮丽，需要更加细腻的画笔，而非我的"，才能描绘出该城真正的色彩。威尼斯赠与他生命中最为珍贵的六周，为他揭开各式各样自己前所未见，亦未在其他城市出现的出色与珍贵事物。因此，他想仔细描绘威尼斯这位"绝世美女、美的化身、基督世界的女王"，但不涉及他在批注中提到的政治优势，而是其无可比拟的地理位置、过人的财富与辉煌的建筑。

如柯耶特所言，威尼斯源自难民聚落，他们在民族大迁徙时代逃离自己遭到占领的城市，避居在潟湖礁岛上。威尼斯城建于公元四五七年五月二十五日。

大运河上的许多壮丽宫殿，其中两栋尤其受到这名英国旅人的注目。一是马里诺·格里马尼（Marino Grimani）总督正在兴建的宫殿，他是李奥纳多·多纳托（Leonardo Donato）的前任，在柯耶特造访威尼斯时，担任总督一职。柯耶特记载到，这栋宫殿"全由乳白色的大理石及高昂无比的柱子构成"。另一座宫殿则是法王亨利三世的下榻之处，他一五七四年离开波兰，回到巴黎时，亦造访过威尼斯。

柯耶特写道，里亚多桥是他所见最令人印象深刻的桥，尽管长达两百尺，却只有一个桥拱。这座建物花费大约八万金币（"值二万四千英镑，"柯耶特对他的英国读者解释道）。博学的柯耶特发现，里亚多桥的桥拱在长度与宽度上，都超越多瑙河上著名的图拉真（Trajan）桥二十个桥拱中的任何一个，并致歉说道："为了比较这两座桥，在这提到那座皇帝之桥（如我所想，并非完全不恰当），我认为并无不妥。"

柯耶特"从几位威尼斯人处"得知，里亚多桥起先是座木桥。由于这个材质和城里其他地方的壮丽无法匹配，于是这座桥被拆除，盖了一座白色石块建成的宏伟新桥，上面有两排美丽小巧的工匠之屋，不过只是店铺，而非住宅。"桥顶两边都有两排这类店铺，往圣马克广场方向的桥面有十个不同的阶梯平台直通桥顶，另一面往里亚多区有十二个……"柯耶特这时十分认真数着桥上所有的阶梯，接着是两侧栏杆的分隔数目。桥上可能正好不是人来人往，否则柯耶特不易清楚数出栏杆小型石柱的数目：他数出二百五十二根。

不像数数，这名英国人对里亚多桥下的摇船船夫没什么好感。"他们是全城最为无耻与摇摆的恶棍，"柯耶特这名清教徒甚为光火。"一名外人上了摇船，若没立刻告知他们自己的目的地的话，他们便会立刻带他到某个邪恶的地点，任由他们宰割后才放手。我建议所有国人、士绅与其他人要小心这个妖精之船与女妖之歌……"

柯耶特赞叹运河为城中独特的饰品，"每六个钟头便会起伏的海洋小手"，还有一个重要的功能："它们就像人类身体中的血管一样流过全城，注入纳容它们的大运河。这些运河基本上带给这个城市两个好处。一是带走所有城市排出的垃圾与废物，靠着潮水起伏迅速运离运河，尽管并不全面，往往还需人工清理。"

另一个好处便是，靠着摇船在这些运河上移动，要比徒步来得快。这些摇船都有顶，虽然起先只是大约十五六根圆木从头至尾构成的漂亮拱顶，接着再覆上美丽的黑布，只要船客不愿受到干扰，便可拉下布，行船时不会被外界看到。船内的长凳罩上黑色的皮革，许多摇船长凳的底部及船翼，也铺上精致的麻布，边缘饰有花边。威尼斯应有一万艘这种摇船，六千艘为主要为贵族私人所有，四千艘为营业用。

柯耶特认为全城最美的地方为圣马可广场："我认为全世界没

有地方可以和这个广场媲美，不管是在基督教世界或异教地区。广场的壮丽真是难以言喻，我第一次踏上这里时，简直令我眼花瞭乱，甚至让我神智昏迷。"柯耶特表示，我们在这不只见到举世无双、辉煌出色的建筑，那是一个世界性的广场，不仅见到各种服饰，亦可听到各种语言。

柯耶特对新旧行政公署那两排南北两侧对立的建筑"赞赏不已"。公署上层是城市显贵的住宅，下层则是在这有店铺的工匠与商贩的住处。此外，下层有着美丽的拱顶，有回廊或敞开的长廊，人们可在其间漫步，两侧饰有许多美丽的石柱。"许多年前即已完成的北侧有九十九面窗，每两扇窗间夹有一根小型的大理石柱，"柯耶特以一贯的方式确认道。"北侧回廊的五十三根方柱和上层的小型石柱全是伊斯特亚（Istria）大理石。构成拱顶的两根方柱间距离为九英尺半，通道长二百步，宽十五步……"至于南侧，柯耶特没有继续测量下去，因为在当时还未完工，上下两排窗户只完成了二十扇。

相反的，他有幸亲眼见到另一座知名的建筑，即白色大理石所盖的圣杰米尼安诺教堂。他在教堂大门上的黑色金底大写拉丁铭文上读到："这座建筑不只是城里最老的建筑，亦是最为庄严的，为了履行传统宗教的义务，威尼斯议会以官方资金重建这座教堂，规模更大更美。"

两百年后，柯耶特再也无法见到这座雅克伯·山索维诺所建，并纳有他墓碑的教堂，因为一八〇七年占领威尼斯的拿破仑拆除这栋建筑，并在原址盖起一座宫殿。

和其他威尼斯的名胜一样，柯耶特也对一个让人毛骨悚然的公共设施醉心，即那个声名狼藉的铅顶监狱。"总督府附近有座十分漂亮的监狱，"作者说道，"是我所见最美的，和总督府只隔一条狭窄运河，靠一座美丽动人的小桥相连，直入宫殿东墙正上方。我觉得，整个基督世界没有如此漂亮的监狱，是由美丽的白色石块建成。"

柯耶特测量了监狱外的通道，长四十步，宽七步。通道的拱顶也是美丽无比，还有墙面上半部那八根砂岩柱子；"其间有七扇铁窗，犯人可以在此眺望外面。"犯人一般关在监狱下半部，这有六扇窗户，大门两侧各三扇。每扇窗户都有两排粗大的铁柱，一在内，一在外，每排各有十根柱子，直抵窗缘上端，另有十八根和这十根交叉。如此一来，犯人根本无法逃脱。"据说监狱中十几个狱室建在水面下，往往水会渗入，令该处犯人十分恼怒……"

托马斯·柯耶特在他关于威尼斯绘画的简短章节中，流露出一种类似钻牛角尖的敏感特质。威尼斯人的手工技艺令这位旅人印象相当深刻，因而认为世界上其他艺匠无法超越他们这些技艺，"尤其是绘画"。柯耶特的证据倒是让人信服：他在圣马可大教堂旁的一间画师作坊，见到一幅挂在作坊中的小牛后腿的画。柯耶特认为"外人乍看之下，会以为那是真的小牛后腿，但并非如此。那只是一张小牛后腿的画——我从未见过这样奇特的想法"。

柯耶特在观察威尼斯女子的服饰时，展露出锐利的天赋："几乎所有外出的女子都完全袒胸，而许多女子的背几乎露到中央。有些女子罩着薄薄的亚麻布，仿佛薄如蝉翼的纱罗或类似的玩意。这种时尚在我看来既失礼又不得体，尤其当观察者看得一清二楚时。我是认为，她们颇能诱惑许多心怀不轨的人士，勾起堕落的欲望……"

由于这时提到了女性，为了文章完整，不得不也顺带提及交际花，对此，作者表示抱歉，因为其他作家在描述威尼斯时，往往对交际花不置一词。对可能的批评，他先要求众人谅解："我只怕自己至少会受到许多吹毛求疵的批评家痛批与愤怒的指控，我想，他们会指责我放荡堕落，因为我在关于威尼斯的文章中提及这类让人色心大发的对象。为此，我会在关于交际花这章结尾致歉，只要他们不是过于挑剔的话，我希望他们会感到满意。"

柯耶特打听到，威尼斯与附近地区至少有两万名妓女。"毫无疑问，这座辉煌、华丽与著名的城市容许这些放荡的妓女存在，真是一桩邪恶的事。"威尼斯人每天大概都会怕上帝诅咒与报复他们，以火和硫来蹂躏他们的城市，就像古早的索多姆（Sodom）和哥莫拉（Gomorrha）一样。

"然而，他们却一无所惧。"这位作家难过地发现到。他们面对妓女的态度十分宽容，原因有二：男人认为，"要是没有这种发泄的场所，他们妻子的贞洁就难以保持，而他们就更易被戴绿帽子"。其次，交际花缴的税，多到可以维持十几艘橹舰。甚至交际花的魅力，大到吸引国外男士因此前来寻花问柳。果真，她们提供的服务多样迷人，男人全然乐不思蜀。

"走进一间她们的宫殿（事实上，几名最出色的交际花居所华丽，令人印象深刻，给王子居住亦不逊色），仿佛来到维纳斯的天堂，"严肃的柯耶特一下子换上另一种语气。"最美的房间看来无比华丽，光芒耀眼。四周的墙铺上富丽堂皇的壁纸和贴上金箔的皮革。她们自己装扮得有如女王及爱神……她们戴着金项链和东方珍珠现身，仿佛另一位埃及艳后，各式各样的金戒指上镶着钻石和其他珍贵的宝石，两耳上挂着珠宝，身上的锦服不是有着宽大的金边，便是有五或六道金色滚边……她们的褒衣是红色的羽纱，滚上华丽的金边，丝袜是粉红的丝，她们吐气如兰，全身飘香，让你更加迷醉……"

托马斯·柯耶特这位清教徒从何得知这一切？

他表示自己参观了一栋这样讲究的房舍，因为他确信，一名有德行的男子见到这类堕落，更能砥砺自己的美德，而不是对罪恶一无所知："就如阳光穿透许多污秽之处，却不被玷污一般，我参观一位知名交际花的宫殿，打量这位迷人的女子，听着她的谈吐，看着她的生活方式，却不被感染或沉沦……"

卡尔洛·戈尔多尼

——自然之子与忠实的描绘者

一七〇七年，我生于威尼斯一间宽大的华屋，在圣托玛索（San Tommaso）教区，在百年街（La Cent'Anni）街角，德·侬波里桥（de Nomboli）和贞女桥（Donna Onesta）之间。

父亲朱立欧·戈尔多尼（Giulio Goldoni）也生于这座城，但他整个家族来自摩旬纳（Modena）……母亲是位美丽的褐发女子，有点跛，但依然无比迷人。她所有的财产都由我祖父管理。他是个正直的人，却不会管家。他喜欢消遣，和威尼斯那种活泼气氛很合……在自己家里演出歌剧和喜剧，雇用最佳的演员和出名的演奏名家，宾客络绎不绝。我便在这种嘈杂富裕的环境中出生。在这里，我有可能会瞧不起演戏，敌视欢乐吗？

卡尔洛·戈尔多尼（Carlo Goldoni）当然不会，也因此成为演员、喜剧作家及舞台改革者。他写下将近一百五十出戏，有些一如三百年前，至今依然让人感到新鲜，如《米兰多林娜》、《咖啡屋》（*La bottega del caffè*），和《吵闹的乔基亚》，等等。

跟着一名可能是神职人员的私塾老师上完课后，十四岁的他进入佩鲁奇亚（Perugia）一间耶稣会学校。在那里，他的拉丁文表现出色，但随后在雷米尼（Rimini）道明修会处研读哲学时，他却感到无聊至极，因为该地一切依然遵循中古经院哲学的僵化形式。他对父亲表示，愿意研习哲学，"但经院哲学、演绎推理法、省略推理法、诡辩、否定、证明、认定！……喔，父亲……让我学习人类哲学、实用的伦理学、实验物理"。

不久后，年轻的卡尔洛有了个转变的机会。"我在一群戏子的陪同下，离开了哲学的圈子，大家还算是满意，"戈尔多尼在自传《我的生活与我的剧场》写道，"当时正好有个我看来无与伦比的剧团在雷米尼，在那儿我第一次见到女子演戏，觉得她们妆扮，让舞台场景变得生动活泼，恰如其分。这里女子可以上台演戏，不像罗马，在那只见到嘴上无毛或留着短须的男人。"

这位醉心戏剧的年轻人很快就和这些剧场人士成了朋友，受到热情接待，尤其是和戈尔多尼一样来自威尼斯的戏子，当这个剧团准备离开雷米尼前往乔基亚时，他干脆一同随行。他先给老师写了一封客气的道别函简致歉，表示他得立刻会去看他许久未见的母亲。"帆已扬起，别了，雷米尼！"戈尔多尼写道。在他当时的回忆录中，我们可以注意到他终于找到适合自己的环境，而松了一口气的样子。

这个三教九流的团体共有十二人，包括男女演员，还有一名提词人、一名剧场领班、一名服装管理、八名仆役、四名侍女、两位保姆、不同年纪的孩子、猫、狗、猴子、鹦鹉、鸽子、一头小羊——"换句话说，根本就是一艘诺亚方舟！"在年轻的戈尔多尼笔下，这艘船同时是个真实的舞台。

由于风向不顺，这群人在海上停留了三天之久。这虽然引起一定的紧张，但是剧团经理却懂得处置。一名女演员虽然因为吃不到她所要的肉汤，而勃然大怒，最后却被一杯可可安抚下来。至于女高音难被安抚，也是情有可原，她的猫因为怕水而爬上船桅，结果落海淹死。这位首席女星跟着失控，把她能抓到的动物都丢到水里，并要她的侍女跟着猫跳下去。过了好一会儿，经理才算是安抚了这位女歌手。

戈尔多尼在乔基亚没停留多久，父亲本想说服他在那研读医学，但母亲建议宁可让孩子待在威尼斯的叔父家中，他是一位知名的律师。卡尔洛·戈尔多尼便在威尼斯成为一名法庭书记员。

威尼斯是戈尔多尼的出生地，但他很早就离开这座城市，对水都几乎没有印象。现在他以十五岁的少年眼光再度打量着威尼斯，感到振奋。"世界上其他城市或多或少有些类似，"他后来写道，"但威尼斯无与伦比。每当我隔一阵子再见到威尼斯时，总会碰到让我讶异的新东西。随着我年岁渐长，见识愈多，我就能够多方比较后，在威尼斯身上发觉到更多特别的新面貌，更多的美。"

这位成年后的作者后来以当地导游的自傲心态，描述着十五岁的他当时在自己家乡所见：

从无数各式各样的船只，战船、商船、三桅战舰、橹舰、驳船、拖船与摇船间来到圣马可广场，会先踏上被称做"小广场"(La Piazzetta) 的海岸，一边可以看见立刻展现共和国辉煌的官殿及总督教堂，另一边则是柱廊环绕的圣马可广场，那是根据帕拉迪欧 (Palladio) 和山索维诺草图搭建出来的。

从店铺街到里亚多桥，铺着许多方正的伊斯特亚大理石石板，刻意凿粗，以免行人滑倒。我们穿过一个固定年市所在的大广场，最后来到那座跨越大运河、桥拱宽达九十尺的桥，桥的高度容许船舰通过，甚至潮水最高之际，亦可通行，桥上有三条行人通道，并有二十四间备有住处与铅顶的店铺。

我承认，这个景象让我吃惊，我所读过的游记作家并未如此照实描绘。如果我在这耽搁太久的话，还请读者谅解。

在这些生动的描述后，戈尔多尼指出七间威尼斯剧院，结束了这章。这七间剧院各有自己教区的保护圣人之名。当戈尔多尼后来成为他自己所称的"意大利时尚作家"后，为所有这些剧院写过叫座的剧目。

不过，时候未到。戈尔多尼二十四岁才在帕维亚（Pavia）念完法律，成为双法学博士，在威尼斯当律师执业，等候顾客上门。在这同时，他也根据或长或短的恋爱关系来找妻子，不仅按照感情标准，也依据严格的客观标准。

他考虑的第一位候选人是美丽温柔的安洁莉卡（Angelica）。她真的喜欢这位年轻的律师，而戈尔多尼也不排斥持续发展关系——直到他有一天认识了她姐姐，而这位挑剔的观察家半惊恐、半松了口气地发现，"她坐月子一开始，就立刻变丑了"。安洁莉卡有着一样的皮肤，一样的容貌，她是"那种弱不禁风的美女，随时会凋谢……我还年轻，如果自己的妻子不久后便不再美丽，我可以想见自己会如何恼怒"。至于男人也会变老，这位年轻的律师大概没有想到，于是便甩掉温柔的安洁莉卡。

二十五岁的戈尔多尼追一名他回忆录中提到的"玛尔女士"

(Mamsell Mar.) 时，第二次认真考虑着。这名女士比想结婚的律师年纪大上许多，尽管自己十分想结婚，却从未成功。"三十五岁的她看来就像十五岁的少女一样青春，"戈尔多尼带着一丝嘲讽断言道，"尽管有点胖，容貌比较接近男子，却知道好好利用自己妩媚的年轻特质，要不是一些皱纹泄漏她的秘密的话，她便能轻易掩饰自己的年纪。"简而言之，"玛尔女士"是个别致的女人，黑眼睛、厚嘴唇，只有鼻子稍微高了点，"当她一摆出姿势，便显得仪态万千"，而且还有教养，富有感情，最重要的是她有两万金币的嫁妆。

这位穷兮兮的年轻律师正准备求婚时，却突然间冒出另一位追求者，和戈尔多尼一样没钱，但却是名贵族。"玛尔女士"舍弃未来的喜剧作家，选择那位贵族对手。"基本上，他们都不爱对方，"戈尔多尼写道，有点幸灾乐祸，"她是看上头衔，而男的则是看上钱……这位大人在结婚时立刻要求任意支配她一半的财产，而她死后才动用另一半。"

戈尔多尼在第三次时，结束了这出真实的求婚闹剧。为了报复不忠的玛尔女士，同时又要弄到钱，他向他的侄女求婚。这个女孩既不富有，又不漂亮，在回忆录中被说成"猴子脸"，不过未来却有不少的养老金，还有一大笔家族友人留下的财产，并可以继承她母亲的珠宝首饰。为了买结婚戒指，并支付婚礼的开销，戈尔多尼负债累累，逼他自嘲地拿自己和威尼斯的财务状况相比："如同共和国在官方场合的表现一样，如果威尼斯的市民想要保有面子，就得随时入不敷出。"

当新郎想用部分新娘的嫁妆来弥补开销时，他才惊恐地发现共和国的养老金要等轮到候补者时，才会支付。这对戈尔多尼的新娘来说，有点难堪，必须等四名亲戚先她往生才行。至于母亲的珠宝首饰虽然存在，也得等她去世后才能继承。而那位名姓不详的家族友人不知到何处周游，也就没钱入账。

负债累累的戈尔多尼便以其人之道还治其人。他给他的"猴子脸"写了封信，保证自己真想结婚，只要新娘能帮他弄到六千金币的嫁妆。戈尔多尼在他的自传中冷血写道："我没得到她的答复，因为我没留下住址。"

好在戈尔多尼的律师业务逐渐增加，但同时他对戏剧的投入也愈来愈强。他的第一出歌剧脚本在某个剧场委员会审读之际即被淘汰，亦被戈尔多尼撕毁。不过，他很快学会迎合观众口味，并注意各种规定。

一七三四年十一月二十四日，戈尔多尼的悲喜剧《贝利萨》(Belisar) 首演。观众出奇安静地欣赏这部作品，结束时才报以热烈掌声，在节目单中停留长达四周之久。"我这部作品的主要缺失，"戈尔多尼评到，"在于贝利萨出场时，眼睛被挖，一脸血淋淋。除了这点，我这部悲喜剧十分愉快……我的角色是人，而非神话人物。"

戈尔多尼自己作品的典范为当时著名的作家阿波斯托罗·奇诺（Apostolo Zeno）和彼特罗·梅塔斯塔奇欧（Pietro Metastasio），他们促成"音乐剧"(dramma in musica) 的流行。戈尔多尼现在接连为演员团体写出小型诙谐剧、悲剧与悲喜剧，赚取生活费用。他的第一批作品全是即兴喜剧，他在其中只让四位假面主角——潘大龙（Pantalone）、阿雷奇诺（Arlecchino）、布莱盖拉（Brighella）和博士（Dottore）[1]——出场，像以往一样，即兴演出自己的角色。至于其他配角，他则写下脚本，让演员根据他的安排演出与对话，借此逐步把假面角色逼退。戈尔多尼因此开展出自己的新艺术道路。他想摆脱即兴喜剧中一成不变的固定丑角，让写实的角色登上舞台。一七四八年，他以喜剧《说谎的人》引进他的改革，并在同一年立刻写下其他两部作品。这三出戏目的观众反应不太热烈。在这第一阶段中，他的喜剧《世故的人》和《精明的寡妇》相当成功，后者还一连演出三十晚，深受喜爱。

　　长久以来，戈尔多尼的同胞业已习惯老套的插科打诨或夸张的演出。戈尔多尼期望的改革，现在看来时机成熟了："我对自己说，现在我可以为所欲为，任由自己的想像驰骋。现在我已好好处理过改编过的对象，只需创新。我有很棒的演员……或许现在正是我可尝试自己期望已久的改革的时机。没错，我得处理角色，那是一出出色喜剧的源头。伟大的莫里哀（Molière）正是这样展开他的生涯……"

　　不过，不同于他的榜样莫里哀在法国有固定的观众和杰出的演

---

❶ 此为意大利即兴喜剧（Commedia dell'arte）中的几位固定角色。潘大龙为剧中的典型人物，是个中年或老年人，在威尼斯经商，有时会是名吝啬的守财奴，有时是个喜欢年轻姑娘的好色老头，穿着红色背心和袜子，再套上一件黑色大衣，戴着半脸面具，有弯鼻子和灰胡子。阿雷奇诺是位愚笨型的仆人，对主人忠诚，却很愚蠢。他们其实有些小聪明，但常常把事情搞砸或越帮越忙，成了观众看戏的娱乐来源。布莱盖拉则是智能型仆人，善于阿谀奉承，常会策划一些计谋，会帮主人或别人胡作非为。博士是潘大龙的好友，精通法律或医学，老婆经常让他戴绿帽。他喜欢讲话，一开口就滔滔不绝，而且引经据典，说着方言，偶尔夹带几句不纯正的拉丁语，穿着长袍，配上白色圆领，脸上还有腮红。

员，这位威尼斯作家仍得不断和他还未完全同意摆脱即兴喜剧的观众妥协。戈尔多尼最具影响力的对手为剧作家卡尔洛·格拉夫·哥奇（Carlo Graf Gozzi），他指责戈尔多尼扫了观众看戏的兴。哥奇的童话剧《爱上三个酸橙》非常成功，证明搭配即兴喜剧角色的幼稚童话更能取悦观众。

然而，戈尔多尼并未动摇。他疯狂地为许多剧院创作，多半没什么钱，时而受到欢迎，时而备受批评，忙碌的生活更因经常和不同的演员旅行，变得更加复杂。

其中一段旅行倒是让他个人有了意外收获。戈尔多尼曾说过，作者只需往窗外看，便可找到有着写真人物的新题材。这个想法帮他在现实生活中找到了妻子。一七三六年春，他和一批演员来到热那亚（Genua），有一天，他在窗外看到对面屋内有位美丽的女孩。在两人目光交会之际，蓦然间心内便激发出强烈的感情。一名热那亚公证人十九岁的女儿妮可蕾塔·科尼欧（Nicoletta Connio），如戈尔多尼所言，"年轻、乖巧、勇敢、迷人"。他们一七三六年结婚，一起搬到威尼斯。

不过，尽管戈尔多尼实际上早已选择写作维生，他的财务问题依然不断浮现。为了解决自己的财务难题，他应征热那亚共和国驻威尼斯领事馆空出的职位。他得到了这个期盼的工作，签下三年合约，松了口气。不过当他得知这份工作并不支付薪水时，原本的喜悦一下子烟消云散。

沮丧的戈尔多尼负债累累，和妻子赶紧离开威尼斯，先搬到这时已被奥地利人占领的雷米尼一阵子。一七四五年夏，这对夫妻接着在比萨待了一段比较长的日子。戈尔多尼在那决定再度重操旧业，又担任律师将近三年，不过这次比较成功。

然而，剧院呼唤着他。一七四九年三月，戈尔多尼人回到威尼斯，和一名剧院经理签了一份四年的合约，每年必须提供八出喜剧和两部歌剧脚本，并陪同演员巡回旅行，相反的，他在交出手稿，也就是在演出之前，便可立刻获得讲定的酬劳。好处是，戈尔多尼不用依赖公侯赞助人，看他们的脸色，不过这份合约却对戈尔多尼的创作相当不利：如果不想失去收入，就得不断写作。一七五〇年到一七五一年间，他在十二个月内写下超过十六出喜剧，可以理解，这些作品质量不尽相同。

不过，戈尔多尼的名声这时早已响遍其他国家，威尼斯朴实无华的影响力也跟着水涨船高。颇受敬重的伏尔泰（Voltaire）亲自称赞卡尔洛·戈尔多尼为"自然之子与忠实的描绘者"。此外，巴黎也邀他前来发展当地的意大利喜剧。他在威尼斯的合约期满，和妻子妮可蕾塔动身前往巴黎，并待在此地。

两人期盼的好运并未持续下去。卡尔洛·戈尔多尼娱乐世界，八十五岁在巴黎去世时却穷困潦倒。他忠贞的妻子妮可蕾塔两年后，在一七九五年一月也跟着过世。

然而，圣巴托罗梅欧广场（Campo San Bartolomeo）上的卡尔洛·戈尔多尼纪念像——在过去曾是德国商人住处与货栈的邮政总局这栋建筑旁——却看不出任何他的忧虑与困苦。这位戏剧家瞧着每晚聚在广场上闲聊的观众，愉快自信。一八九七年一月，当格哈特·霍普特（Gerhardt Hauptmann）造访威尼斯时，十分欣赏他这位威尼斯同行的纪念像：

戈尔多尼的纪念像位于城内一座小广场上，看来健康、栩栩如生、相当滑稽。当他绑着辫子、挥着拐杖散步时，洒脱、风趣、哈哈大笑，飘动的大衣旁是数百只威尼斯缠人的鸽子，便和穿着日常服饰闲聊着他的民众一模一样。

德·侬波里大街（Calle dei Nomboli）上戈尔多尼诞生的屋子，有座漂亮的内院和一座喷泉，今天依然安在，可以参观。屋子已改成博物馆，拥有戈尔多尼生前的用品、书籍和作品，连同一座戏剧图书馆。

让-雅克·卢梭
——风流缪斯

三十一岁的让－雅克·卢梭（Jean-Jacques Rousseau）多才多艺，尤其有音乐天赋，对未来的职业有许多模糊的想像，内心挣扎不已。一七四三年夏，他在巴黎获得一个看来颇为引人的机会：以秘书身份，陪同法国使节德·蒙太古（de Montaigu）先生前往威尼斯。

虽然卢梭跟一位法庭书记和日内瓦的雕刻师傅学过，也在法国贵族家里当过仆役，做过口译、音乐老师及土地局的职员，但至今尚未想过从事外交。于是他表示感谢，接下这个职位，不过谈到薪水多寡时，却是出奇困难：卢梭不过要求微薄的一千二百法郎，但公使只愿给他一千。卢梭拒绝，公使便带着另一位秘书上路。然而，两人一到威尼斯便起了争执，这位秘书遭到解雇。卢梭这时受到聘用，薪水一千法郎，外加二十金路易的旅费。

一七四三年七月十日，这位新任的公使秘书搭乘驿马车离开巴黎，经过里昂，前往马赛。卢梭在那停留几天，接着乘船前往土伦（Toulon），八月十一日抵达热那亚。他在那被强制隔离十天，因为当时附近地区瘟疫肆虐。在强制停留结束后，他继续"游历伦巴底地区，十分愉快，见到米兰、维洛纳（Verona）、布雷西亚（Brescia）、帕多瓦，最后终于……抵达威尼斯"。卢梭在他著名的

《忏悔录》这样提到。

德·蒙太古先生在外交事务上，显然比不上他的新秘书。九月四日抵达的卢梭，立刻面对一大堆公使根本无法译解，更甭提处理的文件。有着迅速理解能力的卢梭认真专心工作，并且懂得意大利文，因而轻松胜任。

对卢梭而言，包括签发付费护照在内的公文往来，并不复杂，因此他有足够的时间彻底走访威尼斯，参与节庆活动和其他的娱乐消遣。他尤其对音乐感兴趣。"巴黎人对意大利音乐的偏见，我也带了来，"他写道，"但我的天性中有着敏锐的感受，偏见无法一直抗衡下去。于是我很快就像懂得意大利音乐的人一样，热爱上这里的音乐。"

对他来说，再也没有比乘着自己的摇船前往剧院，待在自己的包厢聆听意大利咏叹调更美的事了。然而，有晚他在圣克利梭斯托摩（San Chrysostomo）剧院听歌剧时睡着了，只在梦里欣赏音乐。最后，唤醒他的不是乐团洪亮的乐音，而是一首轻柔的曲子。"仿佛如梦初醒，让人迷醉，那声天籁，让我眼耳同时绽开！"卢梭如痴如醉说着，"那一瞬间，我以为自己身在天堂。"

在他看来，所谓"学校"（scuole）的音乐是种音乐享受，胜过所有剧院。这些"学校"是贫穷年轻的女孩的救济院与教养所，威尼斯共和国在她们婚嫁或献身修院之际，会赠与她们嫁妆。这些女孩从事的才艺，主要是音乐。这种学校共有四所，其所属教堂在星期日会举办晚祷弥撒，有大型的合唱团和乐团演出意大利作曲家的作品。合唱团全是二十岁以下的女孩，在围着栏杆的讲坛中演唱。卢梭完全陶醉在这些年轻女孩柔美的声音中，但狠狠抱怨"那些讨厌的栏杆，虽然透出乐音，却遮住这些唱出天籁的天使美丽的容颜。不久后，我的话题只有她们"。

最后，卢梭告知院长自己很想在近处看看这些年轻的歌手，没有栏杆遮挡。"踏入那个我急切想见到的美女所在的大厅，我感到一阵这辈子前所未有的情爱悸动，"卢梭表白道。至今为止，他只听到女孩的声音和名字。院长这时向他一个个介绍："过来，苏菲（Sophie）……"（她真是难看，卢梭表示），"过来，卡蒂娜（Kathina）……"（她只有一个眼睛），"过来，贝汀娜（Bettina）……"（天花毁了她的脸）。这些女孩没有一位符合卢梭的梦想典范；他感到无比失望。然而，他内心深处蓦然起了变化："我告诉自己，没有灵魂是唱不出这种音乐的，她们一定有灵魂。最后我打量她们的样子完全改变，离开时，几乎爱上这些丑陋的小女巫……我最后平静下来，继续沉醉在她们的歌声中，她们的声音装扮了她们的容颜，只要她们唱着，不管我的眼睛怎么看，我就是觉得她们无比美丽。"

为了更加积极陶醉在音乐之中，卢梭租了一台大键琴，并很快找来几位音乐家，一起排练特别悦耳的歌剧段落，举办小型音乐会。当他在巴黎开始创作的歌剧《风流缪斯》中的两首芭蕾舞曲在知名的克利梭斯托摩剧院演出时，卢梭兴奋不已，是由"娇小的贝汀娜这位甜美可爱的女孩"领舞。贝汀娜是卢梭一名西班牙友人的情人，他们常常一起在她家消磨夜晚。

"由于我正好说道女孩，那在威尼斯是避不开的。"卢梭在《忏悔录》中转到了音乐以外另一个让他感兴趣的话题。他一直排斥妓女，但又无法接触到其他的威尼斯女子，因为他的身份有碍他进入城里多数民宅。由于顾忌父母，他不敢追求熟人漂亮的女儿。至于普鲁士国王代办的女儿，一名他十分倾心的卡坦尼欧（Cattaneo）家族的女子，也已和一名富有的年轻人订婚，而他也是卢梭的好友。"他的薪水为一百金路易，我的才一百金币，更何况我不想得罪朋友，我也知道在哪都不该扮人情夫，尤其钱包空空，在威尼斯更不该有这念头，"卢梭心知肚明，并得到教训，"于是我在这个城市和在巴黎一样，一年来未近女色，而十八个月后，又动身离开，没有……我只有两次接近过异性。"

卢梭以他《忏悔录》中时而让当代震惊的典型坦白，交代了这两次经验。威尼斯一位名为多明尼哥·维大利（Dominico Vitali）的贵族，给了他第一次进一步认识女人的机会。大家在宴席上说道威尼斯的消遣活动，在场的威尼斯人抱怨这位法国客人不理睬威尼斯独一无二的迷人的交际花。尽管卢梭不想理会这个指责，却在有违自己意愿、品味与感受下，被唆使去拜访一位他朋友推荐，以"帕多瓦之女"走红的交际花。

"我们拜访的这位帕多瓦之女有张漂亮甚至可说美艳的脸蛋，不过那种美并不合我口味，"卢梭说道，"我喝了冰凉的饮料，请她为我唱些曲子，半小时后，我准备离开，在桌上留下一个金币，但她似乎不想收下，觉得不配，而我却笨得要她别这样想……"

在这位美丽的帕多瓦之女自觉无愧地收下金币后，卢梭深信自己已经染上性病。一回到自己的住处，他就招来医生，开立处方。接下来三周，这位自负的病人一直等着有什么不幸的症状或至少一点轻微的不适出现。他无法相信自己会毫发未损地离开这位美女的臂弯。"医生想尽各种办法来安抚我，"卢梭写道，"最后他只能说我的体质特殊，不易受到感染，来让我心安……"

卢梭的第二次艳遇发生在船上，他和一位朋友被船长邀请上船。正当大家用餐之际，一艘摇船停靠过来。"我见到一位年轻、美的令人炫目、穿着迷人，而且动作灵巧的女子上了船，三两步便来到船舱，很快坐到我身旁，我都来不及想到该给她添一副餐具，"卢梭描述着这个显然事先安排好的艳遇，"她是位褐发女子，最多二十岁，非常迷人活泼，只会说意大利话，单单她的声音就足以让我昏了头。"

更糟的事还在后头。这位年轻女郎假装卢梭是她的老朋友，搂着莫名其妙的他亲吻着，让他神魂颠倒。卢梭热火中烧。"她控制住我，仿佛我是她的奴隶，要我帮她拿手套、扇子和帽子，要我去东去西，做这做那，而我不敢有违……"卢梭一下午都和她在一起，去慕拉诺岛，帮她买了许多小玩意，还得帮她付上许多她大方赠与的小费。晚上，他和朋友陪女孩回家，卢梭深为她的美丽与气质着迷，要求隔天能在她住处约会。

> 我见她穿着一件只在南方国家才有的迷人夜袍，我不想多加描述那件衣服，尽管我记得一清二楚。我只想说她的袖口和胸口镶上丝边，配上粉红色的缎带。我觉得这让美丽的皮肤更显迷人。后来我才知道这在威尼斯是种时尚，效果果真动人，我都讶异未曾见到这个时尚席卷法国。至于将要来临的乐事，更是无法想像……

卢梭自觉在七重天。他如痴如醉说着，和他的朱丽叶塔（Zulietta）相比，修院里的年轻处女不太活泼，而苏丹宫殿中的美女则不够生动，对凡人心灵来说，从未有过如此甜美的享受。

不幸的是，尽管这位热恋的人有这些诱惑，他的理智依然从中作梗。卢梭迫不得已发现朱丽叶塔这位让君王都会臣服的自然杰作，最后竟然只是一位人尽可夫的街头流莺。"我不再欲火焚身，反而一下感到自己血液冰冷，双脚颤抖，觉得不适，坐了下来，开始像小孩般哭了起来。"

卢梭再也无法自持。虽然，经验老到的朱丽叶塔一下无法明白，但依然试着温柔地安慰沮丧的情人，转移他的焦点。卢梭逐渐平静下来，但却察觉"某个未知的东西摧毁了她的魅力"。一个新的念头迫使他终于"豁然开朗，这个我所见过最迷人的女人不过只是一种怪物，被自然、人类和爱情所唾弃"。在这种内心压力下，不幸的卢梭突然开始挑剔朱丽叶塔的身材。

这就有点过分。朱丽叶塔有点脸红，默默起身，坐到窗边。当卢梭想坐到她身旁时，她又立刻起身，在房内游走，扇着扇子，然后以蔑视冷酷的语气对他说："亲爱的，你最好别碰女人，去学数学吧。"

"我总感到无谓的遗憾，"卢梭写道，"失去她，我并不难过，但我要承认，我一直在意自己在她心中只留下可鄙的回忆。"

约翰·卡斯珀·歌德

——愉快悠闲的漫步

"我虽然知道已有许多过去与现在的作家游历过美丽的意大利，并竞相出版他们的记载，"约翰·卡斯珀·歌德（Johann Caspar Goethe）在其《一七四〇年意大利之旅》的前言中表示，"但我现在也写下自己的观察，我并觉得有何不妥，因为能够背书，我同样觉得有幸。但我并不想来到读者面前，来到这些最高，甚至最为严格的法官面前，因为我自知自己无足轻重的思想在此缺了必要的前提条件。"

在他一七四〇年的意大利之旅时，三十岁的约翰·卡斯珀·歌德还不知道自己九年后会有个儿子符合这些前提条件。

卡斯珀·歌德只是出于写作乐趣，记下了他在意大利的旅游印象，并无任何目的。他同样谦虚且鲜明地表示，自己并不打算"满足最高的要求，那是精致美味的菜肴，像我这样的厨师是烹煮不出来的"。要是他不断想靠自己的游记取悦众多读者的话，那正如他所担心那样，在被他一直视为"愉快悠闲的漫步"的旅程上，就得"带来各种快乐，呈现心动的东西，不要自私，也别追求名声和金钱"。

刚取得双法学博士学位的卡斯珀·歌德相当谦虚，却很自觉地展现自己。他写道，他自认自己的观察应该受到一定的重视，因为他是亲身经历后写下的，不像许多作者从未到过当地，却还写出有关意大利的作品。和许多其他当时的作者相比，这位年轻的法学家还有一个重要优势：身为十八世纪德意贸易重要转运站的法兰克福的富裕市民，他研习意大利文，而且说得相当流利。他一踏上威尼斯，便开始练习以意大利文记下他的观察。他的《一七四○年意大利之旅，四十二封信简》一书便以意大利文出版。这个写给一位虚构的 E. H. 的旅行信简后被译为德文。

尽管不求文学水平，卡斯珀·歌德依然写作认真。这可由信简的前言中看出，他指出在抄写自己的笔记时，可能会有错误，并对此表示歉意。

在观察与描述自己感兴趣的事物时，作者发现一种身为读者不一定会注意到的难题。卡斯珀·歌德显然以自己的切身经历抱怨，"往往在危险与难受不堪的旅行后，最后一点注意力在晚上住在乡间酒馆时"，就会出现一些无法集中的问题。"大家无法再次思索所见之物，而宁可填饱肚子，好好休息一番。如果再有点胆小的话，那在多数的乡间酒馆中，甚至就会担心自己落入了贼窝之中。"这样一来，大家再次思索或写下白天经历的最后一点兴致，就被剥夺掉了。

卡斯珀·歌德往往以幽默愉快的手法描述他个人的经历，坦诚讨喜，相当详细，有时还近乎琐碎。他深信"全世界没有其他国家可以展现众多各式各样的美景，而每位爱好者都可在此找到符合与满足他口味的东西"。但他同时也要大家注意"意大利人在赚钱一事上的狡诈"。作者表示，众所皆知，低等民族容易游手好闲，"因此这些人会想出各种花招，诱使轻信与没有经验的旅人入毂"。

卡斯珀·歌德和几名同伴差点就被一名向他们兜售一盒装着石头、钱币、戒指与其他所谓"真正古董"的贩子骗了。一名假扮买者的同伙过来以现金买走几样东西，好让这些旅人相信这是真的古物。卡斯珀·歌德以为这个骗子假扮的买家是位当地的行家，在他准备掏钱之际，一位看不过去的陌生人过来对他解释这个骗局。"我们十分高兴自己没有上当，互相道别。"差点受骗的卡斯珀·歌德轻松写道。

这位旅人在踏上威尼斯之前，不得不被隔离。他小心写道："我在这里讲述自己在那的经历与遭遇，希望不会让人感到难受。"可惜，在他开始旅行之前，没注意到土耳其瘟疫肆虐，并且已经波及匈牙利边界。由于他途经维也纳，也就是危险地区，因而在威尼斯边界被拦下彻底受检。"威尼斯人在查验之际过分热心，"他抱怨着，"总是夸大安全措施，而我便是必须受到这种严格检查的家伙之一。"

卡斯珀·歌德在普里摩拉诺（Primolano）被几名士兵带至一间被木栅栏围住的小屋。照他所说，那里未来一阵子会是他的"监狱"。他把一封推荐信交给一位十分肥胖的高大看守，是靠一个类似铲子的工具递过去的。守卫在一个冒着浓烟的大香炉上打开那封信，念完信后，答应尽可能帮这位疑有疾病的旅客。

然而，这个承诺很快就成了空中楼阁。等到卡斯珀·歌德的衣服被拿走后，他就被安置在几乎伸手不见五指的小房间内。两个小窗户透进一些外头的光，而一丝微风从两扇难以关合的门中窜入，底部破烂不堪，"老鼠都可大摇大摆进出"，这位被关的人这样挖苦地表示。

他的餐肴虽然丰富，却不合口味，导致他的胃口愈来愈差。然而，守卫认为这是这位外人果真染病的症状。由于担心自己因此继续被强行留置，他只好开始每天把部分菜肴丢到小窗外的院子，让狗去争食。守卫看了，这才放心下来。

单独关了四周后，这位健康无比的意大利旅客突然被释放，可以随意离去。犯人歌德这时"长满胡子"，不得不尽快剃掉。正当他心情愉快，想离开这个不受欢迎的地方时，却被要求快点结账。他每天得为这所谓的房间和伙食支付一个威尼斯金币。不久后，他得知隔离措施早就取消，令他大为恼怒；他被关得毫无必要。紧接着，他偏偏在嘉年华会上见到看守他的人——"拿着我的钱大肆挥霍。这些恶劣卑鄙的人真是无耻下流！"他也只能事后咆哮。

一七四〇年二月十二日晚上，约翰·卡斯珀·歌德终于来到威尼斯。在给那位"颇受敬重的先生"的第一封信中，他写道，"我一定不是第一个说威尼斯所在之处便已是个奇迹的人"，"完全乐不思蜀"，"踏上这样一个地方的大心愿，现已完全实现"。

嘉年华会正在热闹进行，卡斯珀·歌德感到高兴。面具不可胜数，不只圣马可广场上全是面具，就连附近街道也密密麻麻。在这个面具节庆上，正经八百会令人不屑，而阶级差异也不再存在。没戴面具的人，就会遭人冷落。这位新来乍到的游客因此弄了一件塔巴洛（Tabaro），那是一种黑色的长大衣，配上一副面具及有着兜帽与三叉戟的黑色短大衣，罩在塔巴洛上。这位摇身一变的旅客，立刻发现靠着这种外在掩饰，享有一种非比寻常，却洒脱解放的角色："穿着一身古怪的威尼斯服饰，我以特殊人物的身份回了到圣马可广场，到处显露出这种傲气，仿佛我是在这面具下长大一般。"他十分满意地表示。不过，这位来自德国严肃的威尼斯访客，未像多数男人在面具保护下，不时去和戴着面具的女性调情。"等我知道，穿着嘉年华服饰可以四处游荡时，"卡斯珀·歌德写道，"我登上了圣马可钟楼，在那欣赏无与伦比的美丽风光。"

他的求知欲与追求完美的独特性格，非常强烈，几天之内不仅观赏了几乎所有的威尼斯名胜，甚至还巨细靡遗地描述。不像后来拿着画笔与照相机、有着类似举动的约翰·罗斯金（John Ruskin），约翰·卡斯珀·歌德并不想刻意抵抗威尼斯可见的没落。他只想记录自己所见，向那位杜撰出来的笔友会报。他当然也造访了小广场上著名的马奇安纳图书馆，但却匆匆一游。"这间图书馆十分美丽，整洁明亮，装点着几幅优秀大师的画作，"他正好还能记录下来。"但我只在那里停留了一会，因为实在冷得难受。"夏天时，他会再来好好参观。

几天后，这位好奇的旅客碰上了一桩特殊的表演：所谓的斗牛节。那基本上总在嘉年华庆典结束后，为向总督表示敬意而举办。不过这次却提早几天，表演给此时停留在威尼斯的萨克森选帝侯储看。圣马可广场周遭搭起看台，有如露天剧场一般。人们把三根粗绳从广场这端拉至另一端，每根绳子中间系上一颗烟火球。

"选帝侯储一出现，所有乐师便开始以小号和鼓发出可怕的咆哮，"卡斯珀·歌德描述着这个骇人表演的序曲。"在这同时，两列屠夫出场，穿着打扮传统，有如美洲黑人。接着，二十头公牛和差不多数量的大狗被赶上了比赛场地，我们可以轻易想像到，一转眼，这群动物间就展开了残酷的狩猎。五万张面具的嘶喊让我惊恐莫名，毛骨悚然。"等到这些动物精疲力竭、重伤或死亡后，新的后备又被驱入场中，最后大约有百头动物加入；整个表演超过四个小时。

在这血腥的"庆典"后，三头公牛被牵上来绑在系有烟火球的三根绳子上。烟火球随后被点燃，让这些同时被大狗追捕的牛只狂性大发，绳子没被扯断，观众没有受伤，简直就是奇迹。表演过后，三头公牛的头被砍掉。"第一位大手一挥，利落砍掉公牛头，真是令人目瞪口呆，"卡斯珀·歌德无动于衷说道，"但其余两位本领稍嫌差劲。夜晚降临后，庆典高潮的烟火盛会开始，观众欢声雷动。"

"我现在去搭乘在这取代了马车的摇船，"年轻的法学家告诉他的笔友——他尊称他为 E. H.，一般解读为"殿下"（Eure Hoheit）——并以一贯的缜密仔细描述这个与众不同的水上交通工具。"不过摇船最特别之处，在于船的左侧比较尊贵，而在德国与其他地方则是右侧。登上摇船时，屁股要先上，我虽然觉得不太正经，但事实就是如此，只因小船十分狭窄……至于左侧为尊，我那时还不知道。"有一天下午，一些威尼斯友人邀请这位年轻的德国人，趁着风和日丽的天气搭乘摇船前往一座附近的岛屿。他彬彬有礼地带着一位他不认识的女子来到船边，并在她之后登上摇船。"由于我以为她会坐在另一边，"他以冷冷的幽默说道，"便未回头察看，直接坐到她怀里去。我就这样以身犯险，认识到这个正好相反的习俗……"

卡斯珀·歌德离开威尼斯后，继续前往罗马，接着再去拿波里。回程时，他又再访威尼斯，这回有个在路上认识、"所谓的奥地利包尔（Baur）侯爵"作陪。他们在一七四〇年六月二十五日抵达水都，正好来得及体验一下隔天会盛大庆祝的黄金船（Bucintoro）庆典。"描述如下，"卡斯珀·歌德写信给"殿下"表示：

二十六日一早，全城骚动，装饰华丽的船舰聚在丽都岛（Lido），大部分的船上都有乐团。他们在那等候着黄金船，等到该船和船上的总督抵达，欢呼叫喊及小号、大鼓与许多其他乐器的咆哮敲击，声势震天。关于这艘黄金船船长必须宣誓在这天毫发无伤把船驶回，不管大海如何狂暴，或选择海面平静的晴朗日子，避开危险等传闻，都是错的。因为这艘黄金船根本不会远远驶入大海上，无法随时回航。庆典会被推延，主要是想等候晴朗的日子，好让众多的摇船和小艇陪同，更增富丽堂皇的气势。

尽管大海汹涌，乌云蔽日，总督和海洋的婚礼依旧照常举行，只有一点不同。由于阿尔威瑟·比萨尼（Alvise Pisani）总督身体不适，一名年高德迈的议员代他出席，连同德国皇帝与法国国王的两位公使及所有贵族成员，登上停靠在小广场两根石柱间的豪华大船，如同以往，由四十名舵手驶向丽都岛。战船、橹舰与商船在那排成两列，以礼炮与毛瑟枪欢迎这艘由数千艘摇船与小艇陪同的黄金船。最后，大船驶出一望无际的大海一段，大主教为大海赐福，身体违和的总督的代理，在一个小架子上把一枚戒指抛入水中，象征与大海的结合。

在一艘小船上随行的卡斯珀·歌德密切注意着这个令人印象深刻的仪式，也立刻发现一个小小的欺瞒手段："据说，这个庆典会将一枚珍贵戒指系在细线上，免得遗失，"他告知"殿下"。"但事实上，我虽然十分靠近戒指沉没之处，不过却没发现这样一枚戒指或细线；丢进海里的戒指只值四五个银币，不值得大胆的潜水者下水去找，不像以前那样。"

这次威尼斯之旅，卡斯珀·歌德补上二月时错过的东西，好好参观了总督府对面的马奇安纳图书馆。"装饰繁复的图书馆大厅容纳下了两万多本书，"他从"彬彬有礼，并且博学多闻"的图书馆员查内提（Zanetti）处得知这一点，他也对访客表示，威尼斯共和国很早就想为红衣主教贝沙里翁遗赠的希腊手稿找个安全的存放地点。名诗人彼得拉克和红衣主教亚历安卓（Aleandro）与格里马尼图书馆也安置在那里。托斯卡尼诗人彼得拉克被视为该图书馆的实际创建者，因为他把自己所有藏书转给议院。

约翰·卡斯珀·歌德并非天生的诗人，亦无任何文学发展。他的作品没有任何艺术上的雄心企图，不过经常引人发噱，总是巨细靡遗。他写给"殿下"的信，毫不善感多愁，成了其他威尼斯旅人的可靠材料，可以事先了解水都日常生活的样貌、马奇安纳图书馆当时的善本书籍或购买所谓古物时该注意的地方。关于这座"爱情之都"的情色之旅，他没有任何记载，也没写诗歌颂威尼斯。不过，约翰·卡斯珀·歌德以自己彰而不显的威尼斯之爱，为另一位尽情歌咏的人打好了基础：他的儿子约翰·沃尔夫冈·歌德（Johann Wolfgang Goethe）。

戈登·拜伦爵士

——激情威尼斯

一八一六年十一月，拜伦爵士（Lord Gordon Byron）首度来到威尼斯。不过，这名二十六岁的诗人亲眼见到这个岌岌可危的城市之前，心内对这城市早已不再陌生。在他讲述骑士恰尔德·哈罗德朝圣之旅的韵文史诗《恰尔德·哈罗德游记》（*Child Harold's Pilgrimage*）中，第四章写道：

> 儿时，我已爱上她：威尼斯
> 宛若精灵之城，驻我胸怀，
> 如同水柱，漂浮海上，
> 富裕的广场，快乐的小径！
> 奥特威、雷德克里佛、席勒、莎士比亚
> 为我展现她的容颜，我愿她永驻我心
> 不论沧海桑田，物换星移；
> 我永忠贞，随她落魄不幸
> 或在过往的盛世。

在这段诗句中，可以清楚看出罩住威尼斯的文学网络。拜伦在这里指出四名给他烙下早年威尼斯图像的作家：托马斯·奥特威（Thomas Otway）的悲剧《获救的威尼斯》、威廉·莎士比亚的《奥赛罗》与《威尼斯商人》、安娜·雷德克里佛（Ann Radcliffe）的恐怖小说《乌多弗的秘密》与弗里德里希·席勒（Friedrich Schiller）未完成的小说《通灵者》。

在他一八一六年至一八一九年居留威尼斯之前，拜伦的生活便已放荡不羁。这位一表人才、才华出众的年轻人早和保姆与表姊妹们初识人情，十八岁时，出版第一本诗集，和他同父异母的姐妹奥古斯塔（Augusta）维持着乱伦关系，同时也不排斥同性恋情，其间也结了婚，还没当上父亲，便和妻子分开，成为朋友，继续新的冒险闯荡——这种男人在威尼斯找到了自己文学与男女关系的新天地。

拜伦强烈的性格未受他竭尽各种方法掩饰的天生残疾的影响。他出世时，有只脚畸形，导致这位迷人的少年怀着严重的自卑情结。他的右脚过短，并向内弯，终身都会轻微跛行。因而，他怯于散步及其他会受别人指指点点的户外活动。在威尼斯，他也尽可能避开圣马可广场这个中心会面地点。

然而，靠着铁般的意志，他以击剑、射击、拳击、骑马与过度的游泳来弥补自己的残疾。二十岁的他在炙热的葡萄牙每天骑上七十英里，一八一〇年五月三日，在希腊的滔天巨浪下，他从塞斯托斯（Sestos）游过赫勒斯滂海峡（Hellespont，译注：今达达内尔海峡）到阿拜多斯（Abydos），大约一公里半。在爱情上，他毫无节制，同时，他的文学创造力似乎也无止境。一八一二年，这位非比寻常的年轻诗人（在英国上议院有个席位）一下走红全英国，就靠着他的韵文史诗《恰尔德·哈罗德游记》前两章，那是关于拜伦在葡萄牙、西班牙与希腊之旅的长篇叙述诗。"我一早起来，一下成名，"当时二十四岁的拜伦评论着自己的成功，显得陶醉。

一八一六年秋，在拜访过在瑞士科培特（Coppet）的斯塔耶夫人（Madame de Staël）后，拜伦和友人约翰·霍布豪斯（John Hobhouse）乘坐六驾马车越过辛普隆隘口（Simplonpass），配备武器，有狗随行，以免强盗攻击。到了拿破仑占领过，后由奥地利统治的米兰时，他们稍事休息，拜访熟人；拜伦在那也认识了法国作家与威尼斯爱好者亨利·司汤达，他对这位年轻的英国爵士印象深刻。

在米兰，拜伦先行派遣他的仆人带着沉重的行李乘坐马车前往威尼斯，然后和约翰·霍布豪斯乘着单驾马车从容尾随在后。十一月十日，他们在倾盆大雨中抵达威尼斯的大陆港口梅斯特（Mestre），在迷蒙的烟雨中看着梦寐以求的水都。拜伦知道，等着他的是什么。

他们来到一个遭到蹂躏、颓圮没落的威尼斯，只能靠着丰富的想像，才能想见这个城市过去的辉煌。在该城一七九七年向拿破仑投降时，没落之势已经出现，不过这位法国皇帝更令情况加剧恶化。等到一八一四年奥地利人掌权时，这座城市正如一份当代的报导所控诉那样，"首饰宝物被抢，港口淤塞，兵工厂弃置，工厂破毁。宫殿墙面剥落掉入运河中，河内全是碎石，船坞中的船只腐朽"。这期间的人口由十三万萎缩到十万，其中半数多穷困不堪。城内聚满占领部队，到处都要注意间谍。自由言论受到检查。大约两万名的妓女让水都变得堕落，道德沦丧，坐实长期以来的陈腔滥调。对许多外来人士而言，尤其是有钱有闲的游客，威尼斯靠着情爱欲望与假

86

面舞会掩饰着颓圮没落的图像，却显得"怪异"与"浪漫"。有着箱型栖身之处的黑色摇船，上头的帘子可随时拉下遮掩，更是激起观光客的幻想。在拜伦《培柏》(*Beppo*) 一诗中，有关于摇船的描述：

你看到摇船了吗?! 让我为你
描述一番。摇船是艘有着窄舱的
长船，每天在这出没，
造型轻巧，但却结实；
船上有两名桨手，人称船夫；
一身乌黑，滑过运河水面，
仿佛小艇上的一具棺椁，
没人知道里头的动静。

日日夜夜，如此穿梭运河，
灵巧窜出里亚多桥岸
或是优雅滑行，
泊在剧院之前守候，
黑色大军成群结队，身着丧服，
自己却不知悲伤为何物；
有时甚至载着淫荡的人客，
宛如幽灵马车，前往亡灵盛宴。

在霍布豪斯继续前往罗马之际，拜伦立刻在水都安身下来，仿佛下沉中的威尼斯是自己的家一般。他把马安置在丽都岛的一个马厩中，自己租了一艘摇船，轻易就找到住处，在一个名为塞加提（Segati）的布商的家，位于皮斯奇纳大街（Calle della Piscina）一六七三号，在圣马可广场与圣摩西教堂（San Moisé）之间。拜伦一安定下来，就已陷入热恋之中，还是房东二十二岁的妻子，玛丽安娜·塞加提（Marianna Segati）。这位年轻的女子有个小女儿，住处就在拜伦的房间之下，这在后来倒是相当方便。

"我的摇船此刻正在运河上等我；但我宁可在家写信给您，因为此时已经入秋，还是一个很英国的秋天，"拜伦简短告知他在伦敦的出版商。"我打算在威尼斯过冬，或许因为这里（除了东方之外）一直是我幻想中最为葱绿的岛屿。威尼斯并未让我失望，尽管当下的没落会让其他人有这种印象。但我对废墟早已知之甚详，不会在意残破。而且，我恋爱了……"

不久后，狂热的诗人对英国许多友人说道他的最新成绩。玛丽安娜·塞加提"就像一头羚羊"，他写道。她娇小苗条，头发卷曲乌黑，"一对东方的黑色大眼流露出独特的神韵，很难在欧洲女子身上见到，就连意大利女子也不常见，而许多土耳其女人要靠涂上眼影才能有这种韵味"。玛丽安娜的这种神韵显然出自天生，而且脸色深红，正如写拜伦传的美国女作家贝妮塔·爱斯勒（Benita Eisler）所点出那样，被年轻的爵士解释成一直处于兴奋状态的结果。

对玛丽安娜来说，这种解释很快变得十分贴切。威尼斯的布商妻子和英国爵士恋情进展迅速，而且一点都未感到良心不安。玛丽安娜要她的情人放心，因为戴绿帽子的丈夫自己也有位情人。拜伦这样乱搞男女关系，直到另一位第三者介入，才暂时出现问题。玛丽安娜有一天晚上和丈夫一起出门，而玛丽安娜的小姨子出人意料地来找拜伦，这位十九岁的威尼斯女人，漂亮，近乎金发，表示想和这位客人聊一聊。几分钟后，玛丽安娜冲进房间，拜伦目瞪口呆，她先对坐着的两人礼貌地躬身示意，接着一言不发，抓住她小姨子的头发，据拜伦数的，至少重重打了她十六下。"扭打的声音您一定听不下去，"拜伦在给他的爱尔兰诗人同侪托马斯·莫尔（Thomas Moore）的信中说道，"至于喊叫声，我就不用对您多做描述。"等这位小姨子夺门而出后，拜伦整晚都在安抚他这位因嫉妒、愤怒与精疲力竭而完全失控的情人，"靠着好言好语、古龙水、醋、一些水和天知道什么可以拿来当水的东西"。

就在这晚，拜伦有机会见识到威尼斯对待"花花公子"的方式，也就是一名既是情人，又是家中友人的固定伴侣。在拜伦还在安慰半昏厥的玛丽安娜之际，房主塞加提突然现身门边，平静地问道："这里到底发生了什么事?"当拜伦冷冷说出"这难道还不够明白"时，这位丈夫显然并不把这看成丢脸的事，而是离开。"在威尼斯不会出现吃醋的事，"拜伦在给托马斯·莫尔的一封信中轻松地表示，"动刀动枪不再流行。"

对威尼斯人来说，这位戴绿帽子的布商宽宏大量，是有合理的解释：由于婚姻未被当成圣事，而是社会制度，那中产阶级的女性一样可以享有过去贵族阶级的特权：有位同时可以成为丈夫朋友的情人。这种习俗仿佛是为这名英国诗人的性格量身打造的。

虽然拜伦爱着这位黑眼睛女友，却不想随时带上她。他还想尝试其他的冒险活动。对此，可是机会多多，譬如上凤凰剧院或圣班奈迪托（San Benedetto）剧院，到丽都岛骑马出游或去类似俱乐部的场合，那里各阶层的先生女士戴着面具会面。这类化装舞会来自高雅的舞厅，多半属于剧院所有。在这类俱乐部拥挤的房间中，大家穿着假面服饰，可以和其他人无拘无束玩乐。

拜伦一样没有忽视思想性的活动。他常常从圣马可搭船到圣拉扎罗岛（San Lazzaro），那里有间亚美尼亚僧侣的修道院。岛上有间著名的印刷坊与出色的图书馆，馆里保存着古希腊原件散佚的古手稿与翻译，还有波斯及叙利亚的手稿。"我每天在一间亚美尼亚修道院学亚美尼亚语当作消遣，"一八一七年，拜伦在给英国友人的信中写道，"我发现我的脑袋要找些难题来好好钻研，当我找到最困难的玩意来打发时间时，我就选定，强迫自己专注其中。"

拜伦宁可和自己的英国同胞保持距离，常常参加阿尔布里奇（Albrizzi）女爵宫殿中的沙龙之夜。举止文雅的伊莎贝拉·泰奥托奇·阿尔布里奇（Isabella Teotocchi Albrizzi）是希腊侯爵泰奥托奇的女儿，经常接待艺术家、文人与重要的外国访客，被称为"威尼斯的斯塔耶夫人"。女爵不仅是位大方的东道主，也是一名才华洋溢的作者，写过关于女诗人维多利亚·科隆纳（Vittoria Colonna）的传记。

在阿尔布里奇宫中，拜伦认识了威尼斯雕塑家安东尼欧·卡诺瓦（Antonio Canova）。这位著名的艺术家送给一尊他亲手雕刻的美丽的海伦娜（Helena）大理石胸像，令拜伦无比倾倒。年轻的诗人在这尊雕刻优美的大理石像中看出柏拉图的理想之美实现，而他深信，这只能体现在造型艺术中。一八一六年十一月，他写诗歌颂卡诺瓦的艺术作品：

献给卡诺瓦的海伦娜胸像

这尊大理石像，无比妩媚
世间少有，让人惊叹，
大自然不愿造出的美，
卡诺瓦巧手凿出；
凌驾了想像
和诗人的梦，
看来，永垂不朽的胸像
美化了海伦娜的心。

一八一七年春，拜伦离开威尼斯，前往罗马一游，找他的朋友
霍布豪斯，没有带上玛丽安娜。五月时，他回到水都。由于威尼斯
逐渐炎热起来，诗人在米拉的布连塔（Brenta）租了一间别墅。玛
丽安娜陪同他。六月二十六日，拜伦在这开始撰写《恰尔德·哈罗
德游记》的第四章及最后一章。他讲述着威尼斯的历史、自己的威
尼斯经历与后来的罗马之旅，诗中弥漫着令人心醉神迷的自然刻绘，
反省着人类及其文化产物的短暂倏忽，调子忧郁。诗人献给约翰·霍
布豪斯的这部分《恰尔德·哈罗德游记》，由以下的诗句展开：

我看着威尼斯的叹息桥，
一边是监狱，一边是官殿；
我看着建物从浪涛中升起
宛若魔法师的幻术；我的面前

一整个千年，张开黑色的羽翼；
死寂黯淡的辉煌罩在过去
看惯胜利的时代，一些被占领的国度
臣服在飞天狮子的大理石座下，
骄傲的威尼斯君临着数百座岛屿。

塔索❶的歌已在威尼斯沉寂；
船夫静静摇桨，没有歌声；
宫殿在河岸上不断颓圮，
城中甚少响起乐音，
韶光已逝，然而美依然驻留在这。
王国没落，艺术朽腐，
只剩自然长存，眼见
威尼斯仍是各式人等的
欲望的游戏场所，意大利的嘉年华会。

丽都岛也是这样一种游戏场所，街头妓女一般会在此漫步。约翰·霍布豪斯常常从罗马到威尼斯来拜访拜伦。有天，两人在丽都岛上骑马，希望勾搭上几位在那漫步的女士。他们看上两个女孩，也很快做出决定。拜伦选择年纪较大的那位，二十二岁的玛格莉塔·科尼（Margarita Cogni），她和一位染患肺结核的面包师傅成婚。玛格莉塔已经听过慷慨的英国爵士大名，立刻和他往来。拜伦很快

---

❶ 塔索（Torquato Tasso，1544—1595），意大利诗人，文艺复兴运动晚期的代表。

便爱上这位女战士般的年轻女子（他认为，"这是生养竞技斗士的天作之合"），决定在钱财上帮她。他称他的新烈焰为"弗娜玲娜"（Fornarina），借用拉斐尔（Raffael）著名的情人之名，甚至被他入画而永垂不朽。等候在家的玛丽安娜只好接纳这位健壮的对手。

尽管拜伦有其他活动，却没忘却写作。十月初，他在米拉以两天时间创作出《培柏：一则威尼斯的故事》一诗，诗中入夜的威尼斯有着无数上演情欲的隐秘角落：

> 当夜色把天际罩入影中
> （愈黑愈好），那个时刻便已到临
> 恋人雀跃，丈夫懊恼，
> 矜持挣脱束缚；
> 欲望在脚尖蹦跳，毫无倦意，
> 每个笑意都是高涨的情欲；
> 这时歌声响起，还有巧叫媚声，
> 吉他和各类乐音。

在这略显猥亵的诗篇中，诗人采纳了年轻美女劳拉（Laura）这个威尼斯轶事，她的丈夫出海旅行，未再归来。过了服丧期后，劳拉在嘉年华会上和一名贵族打情骂俏，而她被认定死亡的丈夫却意外出现。他这期间在土耳其已有过多次暧昧关系，没理由对劳拉的新恋情大发雷霆。事情便以威尼斯的方式解决。劳拉回到丈夫身边，但可保有自己的情人：

> 据说，劳拉常常让他动怒，
>
> 然而，侯爵和他仍是朋友。
>
> 我的文句，到此为止，
>
> 故事也随纸册告一段落。

翌年冬天，拜伦离开了米拉的住处，而且不想继续住在布商的家里，便在威尼斯找其他房子。当他遇上里亚多桥大运河旁的莫岑尼哥宫（Palazzo Mocenigo）时，便签下了三年租约，住进这个人称新宫（Palazzo Nuovo）中的住处。这是一栋十七世纪的高雅宫殿，有高耸的拱窗和接着大客厅延伸到水面的石头阳台。这位年轻的爵士此时需要更多空间。顶楼安置仆役，一共十四位。一楼的马车间，弄了一个动物园，拜伦为了打发时间，养了一条斗犬、一只狐狸、一头狼，许多小狗及各式各样的鸟，而"在一只猫跑掉，两只猴子和一头乌鸦胃肠不适死去后"，拜伦还是认为"这是一个生气勃勃，有点不听话的园子"。

拜伦倒是轻易就甩掉玛丽安娜·塞加提，不过玛格莉塔·科尼就没那么简单。当拜伦向她坦陈两人的关系现在必须结束时，玛格莉塔开始大吵大闹，拿了一把菜刀冲向拜伦。他叫自己的船夫帮忙来把玛格莉塔弄出去。不过，玛格莉塔挣脱这些男人，跳入运河，虽然立刻被拉上岸，但拜伦花了许多时间，耐心对他的"前任女友"解释自己真的想要结束这段关系。

拜伦又再卷进许多激情的桃色事件中——据他的说法，三年内有数十件，还不算一夜风流的关系。在这期间，他婚外情所生的小女儿阿蕾格拉（Allegra）也来威尼斯暂住，让他意外惊喜了一番。

拜伦认为她很漂亮，和他的婚生女儿雅妲（Ada）一样，不过继承了父亲的"魔鬼脾气"。

拜伦不写作，不追女人的时候，就在水中争勇。在从丽都岛到夏逢尼海岸（Riva dei Schiavoni）的游泳比赛中，他击败所有对手。第二回合时，他胜过其他参赛者数百公尺，率先游入大运河。而最强的对手到了里亚多桥时，已精疲力竭，退出比赛，所以拜伦单独游完这个直到大运河尾端、超过五公里的赛程。"我从四点半到八点一刻，一直待在海中，没有任何依靠，也不能休息。"这位冠军在给英国友人的信中得意洋洋说道。

对拜伦争强好胜的放荡行为与爱情冒险来说，欢乐的威尼斯可说是理想的舞台。不过，他的目光也不断关注着这片孕育历史的土地。这位著名的诗人歌咏着水都的名声。一八一八年夏，他告诉他的出版商约翰·莫瑞（John Murray），他完成了一首《威尼斯颂》（*Ode on Venice*）。该诗一八一九年出版，开头如下：

> 威尼斯！喔，威尼斯！你的大理石建筑
> 何时会在水岸边崩毁，
> 然后在你半塌的大厅
> 人民的喊声穿透汹涌的波涛，
> 深蓝色大海上的一声控诉。
> 我这位来自异国的人客，为你哭泣。

同年，拜伦和拉文纳（Ravenna）来的泰瑞莎·乔奇欧里（Terasa Guiccioli）女爵展开一段激情的恋曲，她和四十岁的先生到威尼斯度蜜月。几年来，他有计划试图避开强烈的感情，因为他已深受爱情宰制之苦。一八一九年四月二十五日，拜伦写给年轻的女爵，"但现在你让我的决心动摇，现在我完全属于你……"

拜伦跟着乔奇欧里夫妻旅行，有一阵子又再成为她丈夫身旁的正式情人，但四个月后，原本渴望自由的欲望又出现。他清楚男人一生不该依附在女人身边，拜伦在给朋友霍布豪斯的信中写道，并抱怨："自己该何去何从？"

女爵的婚姻最后被教皇饬令取消，因为这个三角关系在拉文纳闹得沸沸扬扬，成了公开的丑闻。女爵隐居到乡间别庄，而拜伦爵士则有一段时间梦想到美洲当大农场主人，过无拘无束的生活，但想了想，只从威尼斯搬到比萨而已，他的诗人朋友雪莱（Shelley）在那租下一间大宫殿。

不过，拜伦绝未完全放开水都。一八二一年，约翰·莫瑞的出版社刊印一本拜伦的剧作：历史悲剧《马里诺·法利罗，威尼斯总督》，以一名威尼斯显贵和一名议员间一段听来吓人的对话揭开序幕："犯人怎么样？""刚用完刑。"这出戏在伦敦朱里街戏院（Drury-Lane-Theater）首演，一八三五年并被盖塔诺·董尼采第（Gaetano Donizetti）谱成歌剧，讲述总督马里诺·法利罗对付威尼斯议会的阴谋，因为总督自觉名誉受辱。法利罗恶声咒骂议会：

> 杀人凶手，我会以牙还牙，
> 你们这群嗜血的魔鬼，
> 滚回水里，海里的污物！

为何威尼斯在这会和凶杀扯上关系，会被骂成魔鬼，等等，诗人在附录中解释道："最先的五十名威尼斯总督中，就有五名退位，五名在被挖去眼睛后遭到放逐，五名被谋杀，九名被免职，十九名被暴力推翻，还有两名战死。这是法利罗执政之前许久的事。悲剧中演到马里诺·法利罗被视为阴谋分子，判处死刑。他的后继者中，弗斯卡里总督不得不把自己的儿子送上刑台。"

　　一八二一年，拜伦的历史悲剧《大小弗斯卡里》出版，根据十五世纪威尼斯的一桩事件；拜伦的作品一八三七年四月同样在朱里街戏院首演，一八四四年被威尔第（Giuseppe Verdi）谱成歌剧。这出悲剧借由总督和他被议会放逐的儿子的例子，处理拜伦特别在意的题材：抵触社会规范的个体。

歌德
——
愉快与收获

> 凌晨三点，我偷偷离开卡尔斯巴德（Karlsbad），不然就走不开了。想要大肆庆祝我八月二十八日生日的朋友们，有理由把我强留下来，光是这点，我就不能再犹豫下去。我跳上一辆驿马车，形单影只，只带了一个行李袋和背囊……

约翰·沃尔夫冈·歌德（Johann Wolfgang Goethe）刚满三十七岁，第一次前往威尼斯，经过慕尼黑和茵斯布鲁克（Innsbruck），有时乘着月色，车夫还打着小盹，让马自己认路，穿过了布雷纳（Brenner），一路下到特伦特（Trient），共八天八夜。一七八六年九月十一日，歌德在日记中写道："车驾快得让人头昏眼花，速度惊人，夜里更是如飞，一路穿过美丽的风光，让我遗憾难受，不过心里却感到高兴，这一路顺风，心愿在望……"他写道，希望"在晴朗的白日看到礁岛与和大海结合的女王"。

他想去的地方，先是威尼斯，这里歌德比他父亲准备得更加彻底。他在当时已是名人，《铁骑士》（*Götz von Berlichingen*）、《克拉维戈》（*Clavigo*）已经出版，《少年维特的烦恼》二稿也已完成，诗人大名人尽皆知。此外，歌德在莱比锡和父亲一样研读法律，学业结束后又前往史特拉斯堡聆听医学课程。

一七七五年，才华出众（且不时热恋）的年轻诗人，应卡尔·奥古斯特（Carl August）公爵之邀，迁居魏玛（Weimar），没几年便被提拔为高级官员。他顺带认真研究自然科学，包括矿物学。一七八二年，歌德以枢密大臣身份接管最高财政局；同年，他被皇帝约瑟夫二世（Joseph II）授予贵族头衔。

受人敬重、满腹经纶的歌德在他《意大利之旅》第一部分写下那段著名的文字："在命运之书中我的那一页记载，一七八六年九月二十八日晚上，按我们的计时方式为五点，我从布连塔进入潟湖礁岛，第一次见到威尼斯，不久后，便踏上并造访这座奇妙的岛屿之城，这个海狸共和国。谢天谢地，如此一来，威尼斯对我来说，再也不是一个字眼，一个空洞的名字，一个经常让我感到不安，简直无法听到的字眼。"

随着第一批摇船驶近大船，将赶时间的旅客尽快载到威尼斯之际，歌德想起一件他早已不复忆起的儿时玩具。他父亲在游历威尼斯时，带回一艘摇船模型，十分珍爱，只偶尔让小儿子把玩一下。见到真正的摇船时，歌德又再想起这件玩具："白铁皮包覆、形似鸟嘴的船头及有如笼子的乌黑船身，问候着我，像是一名老友一般，我回味着久久不再的温馨的少年时光。"一名显然熟悉威尼斯的同行旅客，邀歌德一起搭乘一艘摇船，于是，在落日时刻，他愉快地迎向他的目的地。

"我在英国女王饭店舒舒服服下榻，"歌德随后在自己的饭店写道，"离圣马克广场不远，是这落脚处的最大优点；窗外是条夹在高楼间的狭窄运河，正下方有座单拱桥，对面是一条热闹的窄小巷子。"这座单拱桥是福瑟里桥(Ponte dei Fuseri),英国女王饭店后来改为维多利亚饭店(Hotel Victoria)。这座行宫外,今天挂着一个德文的纪念小牌匾:"歌德在此下榻,一七八六年九月二十八日至十月十四日。"直到饱览这座城市之前,歌德都待在这里。"我现在真的可以好好体会令我深深惋叹的孤独,因为在熙来攘往中穿梭推挤,更形孤单,周遭的一切陌生无比。我在威尼斯大概只认识一个我不会立刻见到的人。"

歌德永无止境的求知欲逼使他隔天就尽力走访这座城市:"用完餐后,我就急着想先大体看看,在没人陪同的情形下,记住了大概方位,便闯进这座被大小运河切割,又被大小桥梁联结起来的迷宫城市。没见过这座城市,便难以想像什么是狭窄与拥挤。"

威尼斯人逃到这些岛上,可不好玩,歌德概述着自己对威尼斯历史的认识。"他们迫不得已,在这不利至极的环境中安身立命,之后这里却让他们有利可图,增长智慧,而整个北方世界仍困居黑暗之中;人口增长与财富积累,不过只是必然的结果。"由于寸土寸金,屋舍紧紧栉比鳞次;两栋屋宇间的空间,只够人们方便通行。许多巷子的宽度,往往只达左右双臂伸开的距离。

事前即已费心准备的歌德,在最短的时间内便清楚了解威尼斯的当地情况。他像企图征服一座城市的将领一样,谋定而后动。他在巷道迷宫中轻易找到通往大运河与里亚多桥的路。从那座"白色大理石的单拱桥"上,他像一般的游客一样,不仅见到许多行驶在运河上大大小小的船只,同时也清楚断定个别船上载运的货物及上下货地点。同时,他注意到一群服饰考究的女子搭着渡船前往一间教堂。为了就近打量这些女子,诗人离开了里亚多桥,走向渡船口,表示"在那发现了美丽的脸孔与身材"。

歌德很快就掌握住这座城市与潟湖礁岛。在仔细穿梭过无数的巷弄后，他租了一艘摇船，继续在水面上研究威尼斯。他驶过大运河北段，绕过圣克拉拉（Clara）岛，进入潟湖礁岛与圭德卡岛（Guidecca）运河，直到圣马可广场。现在，他心情愉快，觉得自己"一下成了亚得里亚海的主人之一"。

歌德在一首《威尼斯赋》中，描述他在繁忙的船只往来中卧游，并用上"月桂"这个同时象征名声与达芙涅这位希腊仙女名字的字眼：

> 我卧在摇船之中，穿过
>
> 重载货物，泊在大运河中的舟船。
>
> 在那，各类商货，各有所需，
>
> 小麦、酒类、蔬果、薪材，仿佛矮小的树丛。
>
> 我们穿行而过，如箭疾驰；一株失落的月桂
>
> 狠狠擦打我的脸颊。
>
> 我喊道：达芙涅，你想弄伤我吗？
>
> 我期待的可是报酬！仙女悄声微笑道：
>
> 诗人犯不了大错，处罚不重。去吧！

"关于威尼斯，已有许多故事与书刊，不劳我再描述，我只想说说我的感受。"诗人只是如此打算。歌德为不认识威尼斯的读者与朋友，简明扼要叙述着，例如，站在小广场上眺望水面之际那独特的景象：左侧是圣乔治·马焦雷岛（San Giorgio Maggiore），稍往右去

是圭德卡岛与岛上的运河，再往右去是海关大楼（Dogana）与大运河入口，在那"立刻有几栋巨大的大理石神殿"跃入眼前。只要站在小广场的两根石柱间，这一切就可一览无遗。

隔天，歌德造访了该城最为偏远的地区，没有任何当地导游随行。"我没问人，试着在这迷宫中进出，只不过又瞧着天空，抓住大致的方位。最后，虽然可以理出头绪，但真是错综复杂，我那种完全跟着感觉走的方法，倒是最好的。我一直来到最后有人居住的末端，注意到这里住民的举止、生活方式、风俗和性情。亲爱的上帝！那里的人真是既贫困，又善良！"

不到三天，歌德不仅多次穿梭在这"错综复杂"之中，也深入了解到威尼斯人的心态。这主要归功于他会说意大利文，很快便能博得当地人的信赖。至于是谁教授歌德意大利文，可从《诗艺与真理》第一卷中得到答案。歌德在书中叙及他父亲的意大利回忆，也提到一位"名为乔凡纳奇（Giovanazzi）年长开朗的意大利语老师"，帮他父亲润饰其以意大利文撰述的游记。"老乔凡纳奇的歌声也不赖，母亲也只得迁就自己，每天帮他和自己钢琴伴奏……"因此年幼的歌德在还未弄懂歌词之前，便熟记下一首当时著名的意大利歌曲。罗马法学者卡尔·弗斯勒（Karl Voßler）后来证实，不仅约翰·卡斯珀·歌德跟乔凡纳奇学习意大利文，他的孩子约翰·沃尔夫冈和科奈丽雅（Cornelia）也是。

"今天我弄来一份地图，对威尼斯的认识又近了一步，"诗人在九月三十日晚上满意地记录下来。"我稍稍研究了一下，便登上了圣马可钟楼，在那饱览独特的风光。"那是中午时分，阳光灿烂，歌德不用望远镜即可眺望远方。潮水覆盖潟湖礁岛，而当诗人望向丽都岛时，第一次见到了大海。他得知，"泊在潟湖中的橹舰与战船，应会加入与阿尔及利亚开战的艾莫骑士"。这位艾莫"骑士"指的是舰队指挥官安杰罗·艾莫（Angelo Emo），他准备从来自突尼斯的北非海盗手中夺回西地中海。

有一天，歌德在丽都岛上就近眺望大海："我们下了船，穿过这个宛若舌头的岛屿。我听到一阵巨响，那是大海，我不久后便见到。大浪拍岸，海岸线退缩，那是正午时分，涨潮的时刻。我亲眼见到此景，并在潮水退后留下的美丽松软沙滩上追逐海浪……大海相当壮观。"

然而，星期天时，尽管威尼斯让人着迷，诗人在散步之际却注意到一些让人不舒服的事，也就是"街道污秽不堪……我不得不察看一下"。歌德得知，虽然有"相关警察"，但他们并未坚决要求居民把垃圾全都好好堆到一定的角落。船只收走垃圾，部分被当成小岛住民的肥料。歌德认为这种污秽不可宽恕，因为这座城市"就像一座荷兰城市那样规划整洁"。"所有街道铺上石板，"歌德确认到，"就连最为偏远的城区至少都在路中铺上砖头，而且中间稍微凸起，两旁低陷，以便聚水，排入加盖遮住的运河。"

还有其他的建筑设施，让歌德深信营筑师想将威尼斯打造成一座干净的城市。"我实在忍不住在散步的时候不做相应规划，并让认真的警察首长先有思想准备。"这位想法丰富的枢密官在自己的日记中写道。

艺术自然也在歌德紧凑的节目中。圭德卡岛上的救世主教堂（Redentore）尤其令诗人赞叹："一件帕拉迪欧美丽伟大的作品，教堂正面比圣乔治教堂还更值得推崇……救世主教堂内部一样精美，一切都出自帕拉迪欧，包括祭坛的画……"

歌德会参观比萨尼·摩瑞塔宫（Palazzo Pisani Moretta），主要因为那里有幅保罗·维洛内瑟（Paolo Veronese）的画《亚历山大脚前的大流士一家》。关于这幅画，歌德讲述了一则他听来的小插曲：画家当时在这宫殿中甚受欢迎，一直受到隆重招待。他偷偷画下这幅画，以资感谢，卷起来当成礼物塞到床下。

按歌德的看法，这幅画贴切体现出维洛内瑟的绘画才能。"在这儿，可以清楚看出他的巧工，透过高明的光影分配与同样变化多端的地方性色彩凸显出精致无比的和谐，而未在整幅画面留下一般性的色调，由于这幅画完整保存下来，在我们面前鲜艳动人，仿佛昨日才完成一样，"歌德写道，并对画上的几位人物月旦一番："被妻子和女儿隔开的母亲相当真实，显得愉快；跪在最后面的小公主是个美丽的小宝贝，有张蛮乖巧，却固执倔强的小脸蛋，看来一点都不喜欢她所在的位置。"

身为剧作家，歌德自然也想了解一下威尼斯的剧院。去了主要演出喜剧，且几十年前卡尔洛·戈尔多尼也曾写过几出歌剧脚本的圣摩西剧院，并未让歌德感到满意："昨天晚上，圣摩西（这间剧院和就在隔壁的教堂同名）的歌剧并不怎么让人愉快！……虽然说不上那个部分不好，但只有两个女的在乎自己有没有好好表演，或有没有引人注意及受人喜欢。因为这就有点不同……芭蕾部分奇惨无比，被喝倒彩，然而几位出色的男女舞者，尤其是后者，刻意向观众展现自己美好的身材，倒是赢得热烈掌声。"

几天后，歌德在圣露卡剧院（Theatro San Luca）看了一出让他高兴的即兴喜剧："一出即兴假面剧，演出非常自然、热情与纯熟……变化丰富，令人难以置信，超过三个钟头……观众也加入，大家和剧院融为一体。白天，在广场与岸边，在摇船上与宫殿中，商贩顾客、乞丐、船夫、邻家女人、律师和对手等，大家忙忙碌碌，各行其是，谈话、竭力声明、喊叫、出价、唱歌、表演、咒骂、喧闹。到了晚上，他们进剧院，观看聆听他们白日的生活，经过了巧妙编排，优美润饰，掺入童话，靠着假面摆脱现实，靠着风俗又贴近现实。他们像孩子一样高兴，又再叫喊、拍手、鼓噪。从日到夜，从这个午夜到下一个午夜，总是一成不变。"

有一天早上，歌德也参观了兵工厂，"由于我不懂航海的事"，便看着工匠工作。他写道，在这里见到一些怪东西，登上一艘龙骨已经完成，有着八十四尊大炮的船。在那儿，他得知这艘船和一年前在夏逢尼海岸被火焚毁的那一艘同一类型，好在当时火药库并未满载，因而爆炸没有造成重大伤害："邻近的屋舍玻璃破碎。"

"我看过美丽无比的伊斯特亚橡木被加工，也静静打量着这种珍贵木头的育成，"歌德满意地表示："我对人类拿来当材料使用的自然事物的认识，得来不易，但我却不敢说这在各方面都能帮我解释艺术家与工匠们的处理方式……"

晚上，诗人又再去看一出戏，这回特别开心。"看完这出悲剧，我还笑着，不得不立刻提笔记下好玩之处，"他夜里在饭店写道。"这出戏不差，作者把所有悲剧主角全兜在一起，演员演得不错……两位互相憎恶的父亲，这互不来往的两家，儿女却互相热恋对方，其中一对还偷偷结了婚。"

这出悲剧疯狂无情，观众相当投入，仿佛现实场景一般："由于暴君把剑递给儿子，要求他杀掉他对面的妻子，观众开始对这无理要求感到强烈不满，而且人数不少，导致戏剧中断。他们要老头拿回自己的剑，这自然导致接下来的剧情无法演出……"最后，被逼迫的儿子走到幕前，恳求观众再忍一会，一切都会如大家所愿。果然，结尾时两名父亲杀死了对方，有情人终成眷属。

在热烈的喝彩后，布幕落下。然而，掌声更加激烈，观众呼喊着舞台上的演员，毫不中辍，"直到那两对情侣不得不从幕后现身，鞠躬致意，再从另一侧离开"。不过观众还不满意，继续鼓掌喊道："死者！"喊声愈来愈大，直到那两位死掉的父亲不得不现身幕前鞠躬。"死者真棒！"观众兴奋喊道，掌声与呼喊不断，让两名死者一直留在舞台上，直到喝彩逐渐消逝。

在动身前往罗马前几天，歌德终于进圣露卡剧院看了卡尔洛·戈尔多尼《吵闹的乔基亚》这出出色的喜剧。里面的角色为渔夫和他们的妻子，全是乔基亚的住民。两名女人因为小事大吵一顿，很快让原本亲密的两家人闹得不愉快。"这些人平常的叫喊，不管是好是坏，他们的争执、怒气、乐于助人、老掉牙的话、玩笑、幽默与自然的举止，都模仿得惟妙惟肖，"心情愉快的歌德评论到。"这出戏还是戈尔多尼的，由于我昨天才去了那个地方，水手和码头工人的言行举止又跃入我眼前，又在我耳际响起，真是令人高兴，虽然我有些情节没看懂，但大体上还是明白大意。"

歌德在两周内看到、听到与想到很多，一名和诗人交谈的老法国人也证实了这点，"在这种摩肩接踵的地方，是最不可能孤独的"，歌德为他自己背离他的原意开脱。这位法国游客不会意大利文，歌德便有机会对这位不熟悉当地的人讲了许多水都的事。等到这名法国人最后问到他这名德国人在这待多久时，歌德回答道，有点在卖弄自己："只待了十四天，而且是第一次来。"那名法国人目瞪口呆地表示："那看来您一点时间也没耽误。"

"这是我能举出我举止得当的第一个证据，"歌德提到这个拐弯抹角的赞美，随后又立刻补上有点高傲的小小批评："他已在这待了八天，明天就离开……我感到讶异，怎么有人旅行可以不看看身外的事物，他看来还是个相当有教养、正直规矩的人。"

在他第一次意大利之旅日记结尾，尽管对威尼斯感到狂热，歌德还是得出一个有点令人意外的结论：能吸引他待在南方的，只有气候，因为他觉得"阿尔卑斯山这一边"阴森，类似威尼斯人。"我不想在这生活，"他写得决绝，"正如我不会待在所有我会无所事事的地方。"

在"十月十四日，夜里两点"这一天，可以读到歌德对威尼斯的告别祝福："在我在这里的最后时刻，因为马上就要搭邮船去费拉拉（Ferrara）。我很乐意离开威尼斯，因为想待在这里快乐且有收获的话，必须采取其他不在我计划中的步骤；每个人这时也会离开这座城市，到大陆寻找自己的花园与地产。此时，我已整装待发，带走一幅珍贵、特别且独一无二的图画……"

一七九〇年春，差不多四年后，歌德再次来到威尼斯，不过这回并非单独一人。他得陪同女公爵安娜·亚玛里亚（Anna Amalia）结束她两年的罗马与拿波里之旅，回到魏玛。女公爵和随从住在大运河旁卡朋海岸（Riva del Carbon）的"史古多·迪·法兰奇亚"（Scudo di Francia）饭店找到了身份相称的落脚处，其中也包括歌德。

歌德不太情愿地度过春日里这五周，都是些接待、欢聚与数不胜数的参观活动，他自己还要担任识途老马一职。或许纷乱之中，情绪不佳，让他带着怀疑的眼光打量着威尼斯及对这座城市一成不变的夸扬，不像他第一次来访那样。在歌德可被视为他第二次威尼斯之旅感想的一首"威尼斯赋"（Venetianische Epigramme）中，可以清楚看出这种变化。歌德缅怀着罗马皇后法斯汀娜（Faustina）与她皇帝丈夫安东尼·皮乌斯（Antoninus Pius）那个早已逝去的和平盛世的理想。这段介于公元一三八年至一六一年的统治时期，被视为罗马的鼎盛时代。积极介入教育机构、司法与贫困救济改革的皇后法斯汀娜，被罗马元老院赠与"奥古斯塔"（Augusta）——伟大者这个荣誉头衔。威尼斯担不起歌德这个理想图像：

> 这是我离开的意大利。道路遍布尘土，
> 外人被骗，总是任意妄为。
> 你在这里各个角落，找不到德国人的正直；
> 这里生机盎然，但没有秩序规矩；
> 人人自私自利，猜疑他人，虚荣自负，
> 国家领导一样自私自利。
> 这里美丽！唉，却再也见不到法斯汀娜。
> 这里再也不是我痛苦离开的意大利了。

亨利·拜尔·德·司汤达

——解放的想像力

对亨利·拜尔·德·司汤达（Henri Beyle de Stendhal）来说，意大利从年少起便是他向往的国度。十一岁时，他第一次来到伦巴底（Lombardei）。青年时，他入伍，并以轻骑兵少尉身份，参与意大利战役。这次相遇，让他想把意大利当成第二故乡。一八〇二年，司汤达 [原名亨利·拜尔，但后来以他崇拜的德国考古学家约翰·约阿辛·温克曼（Johann Joachim Winckelmann）的出生地"司汤达"为名] 离开军队，全心投入写作，想当个知名的文学家。

拿破仑垮台后，司汤达在米兰待了七年。他以笔名，先出版了音乐家传记，以及一篇关于意大利绘画的文章，他可是任意使用意大利的专业文献，却大半未指明出处。他也引用歌德《意大利之旅》中他觉得有趣的段落，同样没有注明出处。知道这件事的歌德，在给友人卡尔·弗里德里希·蔡尔特（Carl Friedrich Zelter）的信中抱怨这种"无耻任意的"侵占。

司汤达的《论爱》一文与第一本小说《阿曼斯》（*Armance*）不太成功，负债累累的司汤达认真地想过自杀的问题。靠着担任特里斯特（Triest）领事一职与一八三一年出版的小说《红与黑》，他才脱困；司汤达靠这本小说达成自己的目标：一举成名。一八八五年，弗里德里希·尼采（Friedrich Nietzsche）称赞这位法国作家为法国最后的大心理学家，"以拿破仑般的速度跨越他的欧洲，穿梭过数百年的法国心灵，成为这些心灵的发现者"。

在他一八二六年增订版的旅行日记《罗马、拿波里与佛罗伦萨》（*Rome, Naples et Florence*）中，尽管书名没提到，司汤达还是提及他在威尼斯的事——偶尔借用第三者的资料，不过带着极具个人色彩、思想奇巧的看法。

这位三十四岁的外交官暨作家以轻松的聊天语气，但却往往尖锐犀利，描述着他在旅行中认识到的人与事。这种尖锐犀利有时会给司汤达带来麻烦；在政治上，大家认为他并不可靠：一八二一年，他被奥地利警长当局逐出米兰，伦巴底警察总长在给维也纳的报告中，称他为"十分危险的人物与许多极为有害的读物的作者"。

一八三〇年与一八三一年冬，司汤达在被任命为法国驻特里斯特领事后，偷偷离开驻地三次之多，引起奥匈警察当局不安。威尼斯警察总长让人小心监视这位难以捉摸的外交官，却只能查出司汤达特别的艺术才华，因为他不断进出剧院。

在一八一七年六月司汤达第一次造访威尼斯之前不久，他在帕多瓦遇见一名高大迷人的年轻人——一名德国人，富有、一头金发，出身贵族。司汤达原本以为谈话会风趣生动，不过这位年轻人的谈吐显然不合司汤达这位斯文人的品味："他兴致盎然地对我提到一种应该引进德国的宽大裤子。只要他们能够再度成功引进一种民族服装，德国人便相信欧洲会承认他们是个国家。可怜的德国人渴望个性渴望得要命，从社会上没有这种个性的人身上，便可看出这一点。"

司汤达一旦傲慢起来，很快就变得粗鲁，尤其牵涉国与国或文学上的竞争。他觉得德国文学杂志中一些文章攻击到法国文学，而自己也被波及。譬如，奥古斯特·威廉·施莱格尔（August Wilhelm Schlegel）在他的《戏剧艺术与文学讲座》中，把莫里哀的喜剧贬为"沮丧的讽刺作品"。"德国只有一位作家，那是席勒，其次便是写了二十本书的歌德，"司汤达冷静地评论到，"我发觉德国人的所作所为，多半受到虚荣的欲望指使，想要留下印象，而不是被天马行空的想像力或非凡心灵的意识所驱动。"

至于这个关于德法心态差异的主观看法是否客观，还有得争论。尽管司汤达毫无疑问想靠自己的文学作品让人留下印象，他倒是同时拥有一种天马行空的想像力与一种非凡心灵的意识，从他丰富的幻想来看，我们不得不承认这点。

此外，司汤达对法国人也多所指摘。一名同行法国人的蠢行尤其令他难以忍受。他愤慨地表示，要是这种只重外表的家伙还能让人忍受的话，那这一类法国人就得兴奋地沉醉在这种享受中，就像意大利人那样，而不是装着厌倦享受的样子。

"我是在史特拉（Stra）对面的邮船上写下的，"司汤达在往威尼斯的路上记载到。"我停下来看看那座被拿破仑偷掉的比萨尼的美丽宫殿，我不知道为什么拿破仑想毁掉威尼斯的贵族。难道他们不是世界上最棒的人吗？威尼斯贵族自认为国家的主宰，不用缴税。拿破仑便想到催缴这些欠款。由于比萨尼积欠巨额，美丽的史特拉宫便被没收。"

司汤达住在欧洲饭店（Hotel de l'Europe），即之前的莫洛西尼之屋（Ca' Giustiniani Morosini），一栋十五世纪中的宫殿，法国人尤其喜欢这间饭店。今天，这栋建筑再也不是饭店，而是威尼斯市政当局与双年展的办公室。

"没什么好写的，我感到无聊，"一八一七年六月二十二日，这位法国作家在这座世界最美的城市里抱怨到。不过，隔夜这位作家的无聊便得到补偿。"马可里尼在这里演唱《唐克莱帝》(*Tancredi*)，"司汤达兴奋地写道。"她靠着美丽的声音和稳健的台风风靡全场。那种流芳百世的企图心，真是令人动容。"佛罗伦萨的女歌手玛莉塔·马可里尼（Marietta Marcolini）从一八〇五年到约一八一八年间，是位甚受欢迎的女高音，尤其在诠释罗西尼的歌剧上。不过，热衷音乐的司汤达认为罗西尼的歌剧值得如此，尽管《唐克莱帝》的歌词应该改善。司汤达从一名报纸编辑处得知，《唐克莱帝》同时也在巴塞罗那和慕尼黑演出。

隔天晚上，作家被邀请参加一名公爵的私人音乐会，直到凌晨三点，而且司汤达并未透露主人的名字。他很惊讶公爵能演奏一手好竖琴，且对音乐有独到的看法，一名司汤达同样隐其名的A女士，还对此开玩笑。司汤达因此得知，意大利人一致认为：愈会演奏乐器的人，就愈不懂他所演奏的东西。司汤达认为这有三个原因：

第一，和愚昧的名家打交道。

第二，习惯冷漠地聆听自己演奏出来的动人曲目。

第三，重视其他艰难的技巧，而忽略打动听众的心。

关于最后一点，司汤达想起一桩他从查尔斯·科雷（Charles Collé）这位歌手与剧作家处听来的插曲：一名受托抄写一封信的笨书记，只努力描摹美丽的字句，却没注意到那封信说的是他自己。

这时司汤达再也不能抱怨无聊，他已融入社交生活中了。有一次，在好好睡了一觉后，他深夜来到弗罗瑞安咖啡馆，夜里一点左右，那里聚着"四十到五十名上流社会的仕女"。他听闻，圣摩西剧院的一出悲剧中，有位暴君递给儿子一把剑，命他杀掉媳妇。"这些乐天知命的人无法忍受这类悲剧的冲击，"司汤达继续说，"整个大厅喊声动天，观众要求暴君收回已经交到他儿子手中的剑。年轻的王子走到舞台前，费了好大力气才让观众平静下来。他保证他根本不会顺从父意，并发誓，只要观众再给他十分钟的时间，就会看到他救下他的妻子。"

读过歌德《意大利游记》的读者，会觉得这个故事似曾相识；歌德看过戈尔多尼的《吵闹的乔基亚》，十分生动地记述过。在司汤达《罗马、拿波里与佛罗伦萨》游记的德文译本注释中，表示作者的这则插曲引自一八一七年三月《爱丁堡评论》(Edinburgh Review)的剧谈中。不管司汤达是在弗罗瑞安咖啡馆听到，还是在报纸中读到，他自己的评论如下：

　　戈尔多尼以威尼斯方言写成的喜剧宛如法兰德斯的绘画，也就是说，他们毫不遮掩，粗鲁下流，因为他们呈现出威尼斯共和国被毁前那段欢乐纵欲时期小市民的风俗……《吵闹的乔基亚》和《闷闷不乐的托多罗先生》皆为杰出的市民喜剧，但要是之前在作家心中没有产生动人的念头，剧院中是不会有杰出的作品出现的……

六月二十五日，司汤达收到过去四个月巴黎寄来的所有的信。这位快乐的收信人写道："快乐甜蜜，彻底忘却一切！"对他来说，法国来的最重要的新闻，似乎是"在出色的选举法颁布后，我们的国家正大步朝着美国人健全的人类理智迈进，那全要归功于我们国王的果断性格。一八一六年会因为法国教育这一件事而被记入历史中。至于意大利这个伦理沙漠的重要性，在于这个国家会在艺术中找乐子，尽管他们才开始运作国会"。

隔天凌晨一点，在一座公园的亭子中，司汤达再又"不想写作"。他后来所写下的，有些地方再度看来像是抄袭歌德的笔记，但在有关海的那一段，却并不完全一致："我看着宁静的大海与丽都岛远处的尖端，那里隔开了潟湖和大海，并被大海隆隆拍打着；浪头如同一道发亮的线条，月儿温柔地照着这静谧的一幕……摇船沿着夏逢尼海岸滑行，只花了十二分钟，接着我就在圣马可狮脚前的小广场上岸……"

这晚，他和一群愉快的友人在一起。每位在场的人都要以自己的怪异性格来配合"说话动物"可笑的崇高功能。这些"说话动物"是从波隆纳来威尼斯定居的年轻作家乔凡尼·巴提斯塔·卡斯提（Giovanni Battista Casti）的连篇寓言。这组一八〇二年出版的寓言是部反君主政体的社会讽刺作品，嘲弄着旧社会中的不同阶级与他们的习性。"要是我永远不用离开这个国家，该有多好！"司汤达叹气表示。"我在寇纳若（Cornaro）先生的花园度过美妙的一晚！"

隔天晚上，这位法国作家又有新的意外惊喜："在剧院中，我被介绍给拜伦爵士。他真是一表人才！一对美丽的眼睛无与伦比。啊！真是一位帅气的天才！他不满二十八岁，已是英国首席诗人，甚至可能是全世界的首席诗人。他聆听音乐时，脸庞完全符合希腊人的理想美。"

司汤达不是到了一八一七年六月才在威尼斯遇见拜伦，一年前他已在米兰见过他，热情地描述过这位年轻的爵士，并试图和他交往。"我这辈子从未见过如此帅气与令人印象深刻的人物，"他在一八一六年的日记中写道。"现在我一想到大画家会如何描绘这位天才时，那张俊秀出色的脸孔又浮现在我眼前。"

司汤达显然十分兴奋，但同时又有点嫉妒这位英国诗人的外貌。这点可以理解，他那张胖脸既不特别迷人，自己又不像拜伦那样有名。不过司汤达很快就平静下来。"只要想像一下，这个人不仅是位大诗人，也出生于英国一个古老的家族，在我们这个世纪，有点难以想像。当我知道拜伦爵士是个讨人厌的家伙时，我倒是高兴得很。每次他踏进斯塔耶夫人在科培特庄园的沙龙时，其他的英国女人都会离开，"司汤达愉快地记下他刚听到的社交传言。"这位可怜的天才不小心结了婚，妻子十分机灵，又挖出不利于他的陈年旧事。每位天才都很疯狂，极不谨慎，但这里这位更加丑陋，每两个月就找上一位女演员。要是他只是个笨蛋，也就没人会注意到他那种富家子弟的纨袴行径……"

司汤达相当迷恋这位迷人的英国同行，停不下来一边咒骂他，同时一边又为他痴迷。他得知拜伦逃离英国，因为再也无法忍受英国社会的不公与假仁假义，并成了人民公敌。"希望他平安无事！"司汤达语带讥讽地写道，好换上教训的口吻继续下去："不过，前提在于这个二十八岁的家伙已出版了六本精彩诗集，并熟悉这个世界，那他必然会发现天才在十九世纪没得选择，要不是笨蛋，就是怪物。"

不过，话并未到此为止，司汤达立刻接了下去，这回又是赞美的语气："不管怎样，他是我所见过最亲切的怪物，他在诗艺与文学论辩上，天真得像个孩子。他和学院派正好相反。他会说古希腊语、现代希腊语和阿拉伯语，在这还跟一位写过一本关于人间天堂正确所在的重要书籍的穷酸教区牧师学亚美尼亚语。这位天性阴郁的爵士醉心东方诗篇，会将这个天堂译成英文……要我是他的话，我会装死，重新生活，像那位利马（Lima）的成功商人史密斯先生一样。"

在这个语带挖苦的建议后，司汤达结束了关于拜伦爵士的长篇大论。隔天，他便已"尽快"离开威尼斯，指出："我不想再为那些乏味的想法伤神。"

不久后，他记下《威尼斯给我的想法》（*Pensée qui me sont restée de venise*）："在色彩上，巴黎的一切都很贫乏，威尼斯则是一切耀眼：船夫的服装、大海的色彩、清朗的天空以及天空在夺目的水中的倒影。鼓励纵情声色、远离科学的政府，贵族对出色肖像的品味。这些只是威尼斯学派的其他基础。"

这位仔细的作家也记载到一个同样留在他记忆中的出色观察："当她们的丈夫和情人在外打鱼时，马拉莫可（Malamocco）和佩勒斯琴纳（Pellestrina）的女人在岸边唱着塔索和阿里欧斯特（Ariost）的诗歌；她们的情人则在水面上以下面的诗歌响应她们……"

乔治·桑和缪塞

——威尼斯的爱情剧

一八三三年，原本只是同行间的鱼雁往返，却发展成为一段激烈的爱情：乔治·桑（George Sand）和阿尔弗莱·德·缪塞（Alfred de Musset）成了传奇的"威尼斯爱情剧"的主角。

　　乔治·桑原名阿曼婷·奥罗尔－露西儿·杜邦（Amantine Aurore-Lucile Dupin），嫁给杜德翁（Dudevant）男爵，婚后八年便离开丈夫，住在巴黎。这位成功的小说家和积极的女权主义者和一群知名的艺术家往来，其中有些曾是她的情人。她习惯身着男装，大量抽烟斗、雪茄或香烟。她的文学创作精力和她的烟瘾一样传奇。"很小的时候，无所事事对我来说便是最苦的重担，"她在自己的传记《我的一生》中写道。在她认识比她小六岁的缪塞时，她已经出版三本小说了。

　　缪塞这位书写人间悲苦的浪漫派诗人，是个受到女性娇宠的年轻花花公子，过着无忧无虑的生活。他出色的文学才华受人认可，但一些批评家抨击他缺乏原创性，指摘他的许多诗带有过多拜伦爵士的影子。拜伦这时可谓欧洲诗人典范，这位三十六岁死于希腊米索隆奇（Missolunghi）、想参与该地希腊人反抗土耳其人自由之战的诗人，在欧洲文学界引起偌大震撼。不管在外表的魅力及文学气质上，法国评论家在缪塞和拜伦身上见到显著的雷同之处，却也没袖手旁观年轻的缪塞有段时间挪用英国这位浪漫派诗人风格的事。

在一次知名的《双世界评论》发行人在一间巴黎高级餐馆为其员工，缪塞亦是其中之一，举办的中餐会上，在场有许多男士，却只有一名女子。主人要缪塞领她入座，并提到她的名字：乔治·桑。缪塞出于礼貌地恭维她的小说《安蒂亚娜》（*Indiana*），而她则称赞他演出成功的喜剧《喜怒无常的玛丽安》。餐会后，两人各自离去。

乔治·桑的新小说《蕾莉雅》（*Lélia*）由于大胆的爱情幻想，很快成为巴黎人谈论的对象，也是缪塞和她进一步发展关系的起点。他写信给女作家，这回诚实地赞誉她的新书，并以开玩笑的方式要求要私下拜访她：

> 如果您没其他事，或想做点蠢事（我可是相当有礼！），您倒是可以留我（把我当个同事，不用负什么后果和义务，当然也不会有嫉妒和勉强）一个钟头或一晚，那我倒是乐于和我亲爱的乔治·桑先生打交道，从现在起是个才华洋溢的男子，而不是某个写书的女士。如果我当面这样对您说，还望您海涵。我没理由对您说谎。
>
> 由衷祝福
>
> 缪塞

女作家虽然同意，但还有所保留。反之，她在一个敏感的分析中，比较缪塞诗中和她小说《蕾莉雅》里的人物。

"我今天感到骄傲，写下了您读过，并让您思索一会的一些句子，"她在一八三三年六月二十四日给他的信中写道。"那跟您作品中出没的才气无关。您的创作自有另一份不同于我的美。里面所体现的激情会和意志吻合。读者可以期望这点。等到他们震慑于那伟大的想法时，便会逐渐开始理解，并膜拜那被您披上法衣的想法。我的人物比较可以捉摸、贴近现实，摆脱了平凡与悲惨的岁月……就算我有幸见您，我也不敢邀您来我这里。我仍深恐我的拘谨会吓着您，让您感到乏味。不过，要是您那天觉得生活沉重，受够了忙碌的日子，想来寒舍，您会受到诚挚的欢迎。"

缪塞可以拜访乔治·桑，也爱上了她。这桩爱情显得复杂，有太多冲突的材料。缪塞不仅视乔治·桑为情人，也爱她散发出来的母性特质，同时又像好友。乔治·桑也不遑多让，不但把这位天资聪慧的诗人视为情人，也当成一位年轻气盛的同志。

为了避开朋友与熟人可能的议论，他们决定暂时离开巴黎一段日子，一起到意大利旅行。他们选择去威尼斯。一八三三年十二月十二日，他们动身出发，从里昂到亚维农（Avignon），沿着隆河（Rhône）而下，同行的还有作家司汤达，接着经过波隆纳和费拉拉，抵达水都。一八三四年一月一日，他们以缪塞先生和杜德翁先生之名下榻丹尼艾里（Danieli）饭店。他们住进这个高级饭店一角一间华丽的房间，有着美丽的景观，可以眺望圭德卡岛、圣乔治岛、安康圣母教堂（Santa Maria della Salute）与丽都岛。

缪塞在巴黎便已知道他的爱人就算有其他分心的事务，还是能够十分专心写作。"我整天都在工作，"他告诉一位朋友。"我晚上写了十段诗，喝了一瓶烈酒。她喝了一升的牛奶，完成了半本书。"

年轻的诗人和乔治·桑在威尼斯亦是如此；没写作，她就受不了。就算染上痢疾，她也几乎不中断写作。缪塞尽心照顾着她，直到她稍微恢复健康。但一当这位女作家再度坚持要完成平常的写作额度时，热恋中的缪塞深感失望，骂她冷血。不过她依然故我，不能自拔，缪塞只好靠酗酒和召妓来自我安慰。最后，他重病缠身，发着高烧，胡言乱语。

乔治·桑赶紧求正等着她新书的出版商法兰斯瓦·布洛兹（François Buloz）耐心等候，并请他汇钱。一八三四年二月四日，她写信给巴黎的他："五天前，我们俩同时病了。我腹泻不止，十分难受。我还未完全康复，却得打起一点精神照顾阿尔弗莱，他感染伤寒，一下便恶化，今天十分难受，医生也束手无策……在这节骨眼上，我怎么还能创作？我只知道我们只剩六百法郎，真是雪上加霜，还要支付药局、医生与护理的高额开销，加上我们又住在一间十分昂贵的饭店。我们本想离开，搬到民宅去，但阿尔弗莱现在无法移动，如果一切顺利的话，可能还要等上四周……"

最后，看来缪塞似乎会康复，但这位女作家找来的那位"年轻出色的医生"又令虚弱的缪塞再次生病——这回的毛病可是嫉妒。因为这名威尼斯医生彼特罗·帕杰罗（Pietro Pagello）不只忙于照顾生病的诗人，还更关注他的女伴，以致缪塞的病情再度恶化。等他最后恢复神智后，他动身回到巴黎，感到失望抑郁。

女作家先让他离开，和年轻医生交往。一八三四年二月，在她选择他之前，她写了一封长信给他，里面有许多值得深思的问题：

我们生在不同的国家，想法不同，语言也异，但我们的心是否至少相同？……你热切的目光、热情的拥抱和大胆的欲求，既让我着迷，又令我害怕。我既无法分享你的激情，也无法抗拒。我们那里，爱的方式不同，在你身旁，我仿佛一尊苍白的雕像。看着你，我感到吃惊、渴望，却又不安。

我不知道你是否真的爱我。我大概永远无法得知……你会保护我，还是控制我？……或许你从小便深信女人没有灵魂。但你知道吗，她们可能真的有灵魂？……

我们就先这样，你不用学我的语言，而我也不用在你的语言中找寻表达我的疑虑与惧意的字眼。我不想知道你的生活，也不想知道别人怎么看你。我不想知道你的名字，在我面前，把你的灵魂藏起来，好让我永远相信它的美丽。

给想不通的帕杰罗

乔治·桑和彼特罗·帕杰罗成了情侣。一八三四年二月底，她住进他家。两个月内，她写完小说《雅克》（*Jacques*），而之前，她已完成小说《里昂·里昂尼》（*Leone Leonie*）、《安得烈》（*André*）及第一批的《旅人信简》。

尽管女作家觉得帕杰罗爱她，自己也以不同的方式爱着他，却仍惦记着她的诗人情人缪塞。在他离开后不久，她写了封信给他，结尾写道："别了，别了，我的天使，别了，我的小鸟，你可怜的老乔治一直爱着你。"

缪塞在日内瓦回她的信："我的乔治，我依然温柔地爱着你；才四天，我们之间就隔了三百里路，在这种距离中，再也没有任何刻骨铭心的激情与难以自制。我爱你，我知道你找到一个你爱的男人，这样我就放心了。在我写信给你之际，泪水汩汩流过双手，但却是我最甜美珍贵的泪水……后人会传颂我们的名字，就像那些别人同时提到的永恒恋人，如罗密欧与朱丽叶，爱洛依丝（Héloise）和阿贝拉（Abaelard）。他们绝不会被单独提到……"

八月时，乔治·桑和帕杰罗回到巴黎，很快便与缪塞和好，但不久后，又有新的感情争执与分离。在绝望之际，乔治·桑剪掉她浓密的长发，寄给缪塞，表示她的悲痛与爱情。作家好友圣博夫（Sainte-Beuve）最后小心建议她，结束和这两位伴侣折磨人甚至导致她无法写作的关系。她找了必须照顾生病的母亲这个理由，回到她家族在诺昂（Nohant）的庄园，她的两个孩子在那受到照料，并接受教育。在她给缪塞的《旅人信简》中，她描述自己在威尼斯的经历，同时在面对批评家时，试图为自己的行为与文学作品辩解。乔治·桑一八七六年六月去世，享年七十二岁。

阿尔弗莱·德·缪塞在一八五七年五月一日的晚上过世，享年四十七岁，诗人一生毫不妥协、激情昂扬，到头来却精疲力竭。他葬于佩赫拉榭（Père-Lachaise）墓园，就在贾柯莫·罗西尼（Giacomo Rossini）旁边。

爱蕾娜拉·杜瑟和邓南遮

——双重火焰

"您知不知道，佩蒂塔，"史戴立欧突然问道，"您知不知道世界上有哪个地方会像威尼斯这样，在某个时刻能够激起人们的活力，并把所有的愿望提升到狂热的程度？您知不知道有比这更厉害的骗子？"

被他叫做佩蒂塔的女人侧着头，似乎在聚精会神，却没回答；但她的每根神经都感觉到那种难以形诸笔墨的震动，是她那位年轻朋友的声音在她心中所唤起的，就在她突然间揭开自己因为无尽的爱与无尽的恐惧而展露出的激情狂热的灵魂。

"平静！遗忘！当那些被您独特的演出吸引，疯狂欢呼鼓掌的观众，带着兴奋的情绪精疲力竭回家时，您难道不会在那些孤寂的运河旁发现到这些东西？我只要站在这些死水旁时，就会感到自己的生命随着一阵快速的晕眩而增生，某些时候，我觉得自己思绪仿佛着火一般，就跟神志不清一样。"

"史戴立欧，您是力量与火焰的化身。"这名女子几乎是自卑地说着，眼睛都没抬起。

这段在大运河一艘摇船上的简短激情对话，出自邓南遮

(Gabriele d'Annunzio)的小说《火焰》。这个简短的交谈已让人意识到女演员佩蒂塔在这段刚萌发的爱情中会一无所有:自恋的诗人与作曲家史戴立欧·艾冯纳(Stelio Effrena)只把这位未来的情人当成情欲与诗意的毒品;等他见她人老珠黄时,便弃她不顾。

"我心内深深渴望着知识与名声,那往往让我感到一种阴沉恼人的忧郁,逼我痛哭;我无法忍受任何枷锁。"十六岁的邓南遮在一封信中即已描述着自己过于敏感的心绪,而这后来成了这位热情的作家、军人、收藏家与情人的典型特征。

一八六三年,邓南遮生于亚得里亚海旁的省城佩斯卡拉(Pescara),很早便视自己为一与众不同的人,并刻意标新立异。十五岁时,他出版了第一本诗集,受到文坛的注视。为了让自己尽快博得大名,这个学生匿名寄给佛罗伦萨的报刊一张明信片,表示"年轻的诗人邓南遮在骑马出游时,坠马而死"。许多报刊刊载了这则假消息,而年轻的作家则在家中庆祝自己的诗集再版。

其他的中篇小说与诗集很快也出版了,其中包括一小本,如诗人回顾之际写道:"歌咏着所有的情欲,配上相当生动的诗句……只在十六世纪与十七世纪那些放荡的诗人作品中见得到,例如阿雷提诺和马里诺(Marino)。"而不久前,在一八八三年六月,邓南遮娶了玛丽亚·哈都因·迪·贾列斯(Maria Hardouin di Gallese),跻身罗马贵族;二十一岁时,他已有一个儿子。不过这桩婚姻并不幸福,两人很快便分开。玛丽亚·邓南遮后来说道,她真该只买诗人的书,而不是嫁给他。

一八八九年,邓南遮出版自己第一本长篇小说《欲望》。这位情欲丰富的矮小男人生命中只有欲望和权力。从邓南遮难受约束的自恋、他那无数的恋情、他强烈的政治野心、豪奢的的生活方式，特别是他那种对今日读者而言往往过分优美的感性语言来看，可以见到一位自认为在他生命戏剧中扮演杰出主角的男人，其他配角不过只是提词人物而已。他所致力追求的超人观念的主要偶像，便是尼采和瓦格纳。

一八九五年，这位已经声名卓著的诗人在威尼斯认识了比他大五岁、早已大名鼎鼎的女演员爱蕾娜拉·杜瑟（Eleonora Duse）。她相当认真，气质忧郁，毫无保留投身戏剧，不只在意大利许多城市演出，也巡回欧洲、南北美、埃及与俄国等地。在她盛大的戏剧巡回演出中间，总不断在水都停留几个星期，住在大运河旁巴巴洛－沃可夫宫（Palazzo Barbaro-Wolkoff）中租来的小住处。这间宫殿属于俄国画家亚历山大·沃可夫（Alexander Wolkoff），他十分欣赏杜瑟。这位贵族画家让这名女星在圣彼得堡顺利演出，并在威尼斯帮她画肖像。

"我在一栋老宫殿最上层有间寓所，"爱蕾娜拉·杜瑟写信给一位女友，"就在顶楼，有扇大拱顶窗户，可以俯瞰全城。秋天安安静静的，空气清朗，我的心一派祥和。"

一八九五年，威尼斯第一届艺术双年展开始。十一月八日，邓南遮在"凤凰"剧院挤得水泄不通的大厅为这个活动致闭幕词。这是这位诗人首度在大众前致词，置身在这群虔诚聆听的群众前，他感到陶醉，特别是知道这些听众中有知名的爱蕾娜拉·杜瑟在场。邓南遮的讲演题目为"秋的寓意"，以热情的文字呼唤年轻的神祇和满怀期望的威尼斯结合在一起。

在邓南遮详细描述诗人与杜瑟爱情关系（且伤及这位女演员）

的小说《火焰》中，可以查阅这份演讲。他把自己刻意提到保罗·维洛内瑟在总督府中的天花板壁画《威尼斯的神化》，视为即兴的天才之举。邓南遮的小说角色史戴立欧·艾冯纳，以他的语言魅力迷住了听众：

> 他靠着目光和手势，把众人的灵魂提升到那幅在大厅拱顶上洒下太阳光芒的杰作中……他们吃惊地看着那个奇迹，近乎仿佛他们第一次，或在一种前所未有的光线中见到似的。那个戴着金色头盔的女子裸露的背脊，在云端中展现出光芒万丈的生动体态，对他而言，就像活色生香的肉体散发出诱人的魅力……

诗人在维洛内瑟那幅人物众多的壁画中，发现到"丰满的胸部"和"洋溢激情的脸孔"，而那原是以寓意手法呈现威尼斯统治下的和平盛世。但这种情色的观画方式只是一种神秘的爱情结合的前戏，浮现在这位打量着秋天、情绪高昂的作者心中。

"我昨天见到这样一种火焰，"史戴立欧对入迷的观众说道，"在不受抑制的暴力中熊熊燃烧，并在威尼斯的美艳中，倾注一股前所未见的力量。在我眼前，整座城市在欲望中燃烧，在恐惧中颤抖，被成千的绿色地带围绕，就像一名期待着至高快乐的情人一般。她张开大理石般的手臂，迎向冷淡的秋日，潮湿的气息向她袭来，带来远方和甜美的死亡搏斗的田野的香气……一片枯萎的叶子落在停泊摇船的斑驳石头上，像块宝石一般闪闪发光；在点缀着黄色地衣的高墙上，一株石榴树上熟透的果实像张美丽的嘴唇般绽开……"

心里已有准备的听众屏息等候着这出诗意的演出的高潮。演讲者并未让听众失望：他宣称见到一位年轻的神祇慢慢靠近。他坐在云端，宛如在一辆火战车上，紫色衣袍的衣摆拖曳在后，"既专断又温柔，在半张的嘴唇间，听得到森林的低语与沉默，长发在粗壮的脖子周遭像马鬃一般飘动，露出有若巨人般的赤裸胸膛"。年轻的神祇低头看着美丽的城市，脸庞散发着无法言喻的魔力，"带着些温柔又残酷的兽性，我们可以见到血液在他全身澎湃汹涌流动着，直到灵活的双脚脚尖，直到他强壮的双手的指尖……"

难怪这座美丽的城市无法抗拒这个十分野性的神祇。这位演讲者等着心中的激动逐渐消退后，提出一个反问，那同时也说明了他殚精竭虑的想像：

> 谁见不到这个对我来说无时无刻生动真实的幻象，我几乎可以触及——我的听众中谁见不到这种意义重大的象征性结合？
>
> 威尼斯与秋神相互的激情，让两者达到他们感性之美的高峰，而这源头便在一种内在深处的相似性：威尼斯的灵魂是秋日的，被以前的艺术家拿来装扮这座美丽的城市。

威尼斯和秋神——会是一种乱伦关系吗？至少邓南遮／史戴立欧的激情演说会让人这样想。但在今天读者看来像是反讽的演说，在十九世纪末的意大利是会引起轰动。而邓南遮令人迷醉的图像幻想，亦令爱蕾娜拉·杜瑟无法自拔。这两人在何时何地认识的，无法从现有的记载中清楚推测出。如果按邓南遮的说法，诗人是在某个晚上意外在丹尼艾里饭店遇见女演员的。

但在杜瑟女友奥尔嘉·雷斯奈维奇·辛诺雷里（Olga Resnevic Signorelli）清楚记得的一次对谈中，这桩伟大的爱情开始到时蛮浪漫的："我们相遇时，正是威尼斯破晓时刻，"她突然慢慢说道，像是自言自语，"一夜未眠后，我四处乱走……突然间，我见到他在我面前下了摇船。我们聊着艺术，聊着今日剧院中可悲的艺术！我们没提到共同的工作，但在我们默不出声的时候，我们有了一种依存……"

爱蕾娜拉·杜瑟和邓南遮这段爱情开始时，在表演艺术上乐被视为"痛苦的唯美主义者"的杜瑟，已三十七岁。戏剧是她的生命。她生在一个演员世家，还是孩子的时候，便得常常代替她染有肺结核的母亲演出。十四岁时，同样也有肺病征兆的爱蕾娜拉便已入迷地扮演恋爱中的女人，例如莎士比亚的朱丽叶，在舞台上死过不知多少回。

早年的一段恋情中，她有名儿子，却在出生后不久去世。这位年轻的女演员哀伤不已，在戏剧中寻找安慰。一八八一年，二十三岁的她嫁给年纪大她许多的同事泰巴多·契奇（Tebaldo Checchi），生下一位女儿安丽契塔（Enricchetta）。这桩婚姻持续四年。杜瑟在一次南美巡回演出时爱上她的舞台伙伴弗拉维欧·安朵（Flavio Andò），她和他后来成立自己的表演团队，并和她丈夫分开。

年轻的爱蕾娜拉·杜瑟和正迈向演艺高峰、十四岁的莎拉·伯恩哈特（Sarah Bernhardt），可说是她那个时代最佳的女演员。她甚至演出绝对属于"出神入化的莎拉"的典型角色，例如《茶花女》，获得偌大回响。

当时的人认为，和那位迷人自信的法国对手相比，杜瑟乍看之下并不起眼。相当崇拜她表演技艺的作家赫尔曼·巴尔（Hermann Bahr），把她描写成"矮小，有点臃肿"，"手势笨重迟缓"，但"没有其他艺术家拥有那种控制所有肌肉、所有神经与全身的力量，让一切不由自主听命，并任意呈现各种变化……"这位女演员偏爱剪裁大方的日常穿着，正如杜瑟的传记作家朵丽丝·毛尔（Doris Maurer）写道，"让人感到俭朴，但却用上最珍贵的布料"。尤其是在威尼斯工作的西班牙时尚设计师马里安诺·弗图尼（Mariano Fortuny），最能符合杜瑟的需求。

爱蕾娜拉·杜瑟和邓南遮一八九五年秋天在威尼斯展开的热恋，也在这两人的艺术创作上开花结果。杜瑟知道邓南遮的诗篇与小说，可以想见，她也会希望他创作她可以演出的剧作。她很想增加她的剧目，找着适合她多样才能的新剧。邓南遮自己正好有这意图。他视杜瑟为自己伟大计划的理想执行着，创建一种民族戏剧，效仿理查德·瓦格纳的拜罗特（Bayreuth）音乐节。

当爱蕾娜拉·杜瑟在北美巡回演出时，邓南遮写下他第一出戏剧《死城》，讲述一段发生在迈锡尼（Mykene）考古挖掘地点的激情热爱。等杜瑟回来后，便在意大利许多城市演出这部激情作品。女主角博得满堂彩，但这出夸张的戏剧却未获得重视。邓南遮为杜瑟所写的其他剧目，情况也差不多；这些作品不太适合舞台演出，但女演员投入精力与财产，按照她爱人的期望那样演出。

一八九九年三月，邓南遮为爱蕾娜拉·杜瑟撰写出第二部剧作《乔宫达》（Gioconda）。这出戏在各地都不受欢迎，不过杜瑟依然受到推崇。不留情面的批评家亚弗列德·凯尔（Alfred Kerr）写道，全然着迷的样子："杜瑟昨天演出《乔宫达》，让人佩服得五体投地。

她会从此离开，不得不如此。这个世界无法一直容纳这样的人物。"

邓南遮的悲剧《乔宫达》讲述一名热切渴望成为超人的雕塑家，爱上了年轻的模特儿乔宫达·迪安帝（Gioconda Dianti）。在他的妻子希薇雅（Silvia）努力想挽救自己的婚姻，乔宫达醋意大发，冲向一尊雕像，想毁掉雕像。那尊倒下的艺术品压碎了希薇雅美丽的双手，而雕塑家一起和情人离开了自己绝望的妻子。

邓南遮安排杜瑟演出被遗弃的妻子一角。由于他在这出戏中压制杜瑟特别美丽、充满表情的双手，而被批评家视为她表演力度的残废象征，是诗人私下所愿。朵丽丝·毛尔这位作者在她的杜瑟传中写道：

> 杜瑟在《乔宫达》最后一幕无法展现她美丽的双手，必须藏在衣袍宽大的袖子中……很难相信邓南遮剧作中这种虐待成分是出于偶然，反而更像他想剥夺掉杜瑟最出色的表达工具，逼使观众专注在他的作品，而非女主角身上。部分观众看穿这个意图，感到愤怒……

几乎在所有邓南遮的剧作中，杜瑟无法像以往那样施展。邓南遮这些感情丰富，但多半情节贫乏的作品，似乎并不适合剧场；杜瑟的表演能力找不到足够的挥洒空间。意大利的剧作家暨后来的诺贝尔奖得主路伊吉·皮兰德娄（Luigi Pirandello）便抱怨"她自然与天才洋溢的表演艺术受到致命的限制。邓南遮给她戴上许多杰出优雅的文学面具，而她自己不该添上其他细节，只能照单全收，就像将贵重合金注入模子做成雕像，姿态固定不变……"皮兰德娄说道，他"在剧院从未如此难受过"，全是因为观看邓南遮《法兰契斯卡·达·雷米尼》（*Francesca da Rimini*）的首演；他表示杜瑟被邓南遮"诱离"了她这辈子真正重要的戏剧时刻的发展高峰，例如演出易卜生（Henrik Ibsen）的作品。

从一八九七年到一九〇四年，几乎七年之久，甚至在诗人于他的小说《火焰》中揭露杜瑟最私密的感情后，杜瑟几乎完全致力于邓南遮的戏剧试验。这对情侣分开已有一段时间，又再复合，接着再度分开——对诗人来说，这种变换口味可能是种刺激，但对疲累的杜瑟而言，则是一种折磨。一九〇〇年初，她在接受维也纳一家报纸访问时，说道一段沮丧的日子："解决所有生命谜题的最佳方式，便是早死，没有其他选择。女人不该变老，一名女演员不该错过自己退场的时刻。"

一九〇九年一月二十五日，这名五十岁的女演员抱病，心力交瘁，在柏林告别演出，扮演易卜生《海之女》中的艾丽达（Ellida）。她给自己十年平静的生活，多半待在罗马的朋友处。

一九一二年夏天，爱蕾娜拉·杜瑟再次来到威尼斯，遇见在图恩（Thurn）与塔克西斯（Taxis）女爵玛丽（Marie）处作客的里尔克（Rainer Maria Rilke）。诗人多年前就希望在柏林能见到这位女演员，并在一九〇四年把他的作品《白色女爵》献给她。

正如图恩与塔克西斯女爵在回忆录中写道，现在他"无比快乐，认识了杜瑟，还可帮她；他整天供她差遣，随时待命，但却慢慢愈来愈害怕。他不久后便得知，自己不但无法安抚她，还逐步落入她的痛苦中。有天，他完全手足无措……杜瑟不见了。没有人知道她跑到哪去……整个下午的搜寻毫无结果。大家不得不打道回府。里尔克非常不安。隔天早上，杜瑟出现。她一个人跑去了慕拉诺或乔基亚"。

六十三岁时，杜瑟又再开始演出。她生着病，自觉老迈，几乎没钱，不得不演出。一九二一年五月，她从杜林（Turin）开始在意大利巡回演出《海之女》，十分成功。来年夏天，她又遇见邓南遮，不过这回只是生意上的谈话，是关于《死城》这出戏，杜瑟想要略微删减，而作者表示同意。

这次会面的情况，只有一些传闻。女演员和诗人应该是意外在米兰的一间饭店相遇。关于邓南遮，有人说他在见到杜瑟时大喊："您爱我多深!"杜瑟的女友奥尔嘉·辛诺雷里表示爱蕾娜拉之后对她说："我自己私下想着：那个男人还有幻想。我们分开时，如果我真的像他所认为的那样爱他，那我早就死了，不过我却还能活下来。"

这次会面后不久，杜瑟得知邓南遮从他在加达湖（Gardasee）的别墅坠窗，有生命危险。她立刻赶去，见到情况并未像大家所担心那样严重，便放下心头大石。

这是这对过去的情侣最后一次会面。一九二三年六月，爱蕾娜拉·杜瑟展开伦敦、维也纳与北美的大型客座演出。这次巡回表演相当成功。杜瑟过度投入。一九二四年四月初，她感染了严重的肺炎，再也无法康复。

一九二四年四月二十一日，这名出色的女演员死于匹兹堡（Pittsburgh）的轩丽饭店（Schenley Hotel）。她的遗体被运回意大利。爱蕾娜拉·杜瑟安息在威尼斯附近的阿索罗（Asolo）墓园。

约翰·罗斯金

——威尼斯的石头

"谢天谢地，我到了这里。这里是城市中的天堂。"约翰·罗斯金（John Ruskin）在他一八三五年第一次造访威尼斯时，兴奋地表示。当他六年后再度光临时，这位画家与作家是这座如画的水都有如一场梦，是人类双手建起，成了真实的梦。那时在这童话般的美景中，还没有任何工厂烟囱耸立着。

　　然而，"新时代"悄悄来到。一八四五年，罗斯金惊恐地发现，威尼斯在短时间内尽往坏的地方改变："低矮林立的砖造建筑，构成令人不安的剪影"，让人想起英国工业城市的郊区，它们浮出水面，一座铁轨大桥架起，成了"周围最醒目的物体"，"黑烟形成的乌云"抢走初来乍到者的目光。

　　但尽管有这种令人吃惊的坏事，罗斯金似乎还未放弃他的天堂之城。"尽管过去彻底改变整个世界的那几年，比过去五百年，更令威尼斯付出惨痛的代价，尽管现在接近这座城市时，再也没有动人的景象，最多只见到急驰的火车在轨道上减速下来，尽管许多宫殿永远坍塌了，但在这座城市中仍有许多会诱惑旅人的神奇东西……让人不去理会遭到蹂躏的规模。"小说与戏剧中的威尼斯已是明日黄花，是朵"凋谢的花"，是个舞台的梦，随着第一道天光的到来而消散。

一七九七年，这座至高无上的城市臣服于法国，接着被奥国统治，然后又再落入法国手中，一八一五年后，重新被奥地利统治。他们致力将威尼斯"现代化"：一八四六年，第一条铁路启用，并且安设煤气灯，更令罗斯金气愤。"想想这种新风格：在煤气灯下听小夜曲！"罗斯金嘲讽道。此外，市政当局还认真评估是否要将铁路一直铺设到城中心。

老威尼斯的没落似乎无可挽回，但罗斯金却想靠艺术的手段来抗衡。然而，他得加快脚步。"你无法想像，我昨天多么狼狈，"一八四五年十二月，他在一封给英国友人的信中写道，"我坐在黄金屋（Ca'd'Oro）前，试图想把那栋建筑画下来，而工人们却在我眼前拆除它。那栋建筑对我已是最大的挑战，因为甚为难画，丰富多彩，水彩几乎无法捕捉，但你再想想那会是什么样的工作，当那些该死的水泥工匠把木板拉起，钉在老旧的墙上，破坏了整个轮廓！"

但罗斯金没有放弃，自觉对威尼斯的过去有责任。由于担心奥地利人或威尼斯人自己可能会亲手毁掉这座独特的城市，他便相当细心地画下教堂和宫殿，测量细节，并发现照相机在拍摄建筑时亦有其功用，让他松了口气，因而被他视为对抗"可怕的十九世纪"丢给人类的其他毒药的"解药"。

翌年，一八四六年，约翰·罗斯金仍可继续他急如星火的工作。"威尼斯就像茶里的一颗糖，迅速溶化。"他抱怨说。两年后，便可看出他迫切至少在纸上拯救威尼斯宝藏的举动，相当正确。一八四八年三月，威尼斯又再宣称自己是共和国，能够摆脱奥地利。这个重新赢回城市的企图起先并未成功。第一次空中攻击甚至是以气球执行。但这个惊人的举动与利用射程长达三英里的大炮持续轰炸，并未令威尼斯人屈服。最后，奥地利人在城外的防御工事装设重型火炮，也在威尼斯城中设置大炮。奥军显然准备在爆发新的动乱时，摧毁欧洲这个珍宝——对今日的威尼斯访客来说，是个绝对荒谬的想法。在五个月的围攻后，奥地利人才瓦解威尼斯人顽强的抵抗。

一八四九年八月，受到饥荒与霍乱肆虐的威尼斯，不得不投降。罗斯金在遥远的伦敦密切注视着令人沮丧的威尼斯新闻，感到无助，等到旅游路线再度开放后，便在九月首度和艾菲（Effie）一起前往遭到战火荼毒的水都，以画笔和照相机捕捉还能捕捉到的东西。"大大小小的东西都会让约翰惊奇无比，"二十一岁的艾菲在给在苏格兰的母亲信中写道，"我想威尼斯人还未发现他是完全疯了，还是一位伟大的智者。没有任何事能打断他——广场可能是空的，可能挤满了人，约翰要不是隐身在黑布下拍照，便是在布满灰尘与蜘蛛网的柱头间爬来爬去，回来时就像和女巫出游归来一样。"

在两人第一次度过的冬季中，罗斯金并没花太多时间在他年轻的妻子身上。如果他真的想完成测绘威尼斯所有拜占庭与哥特建筑的大型计划的话，那他只能每天工作直到深夜。他测量每一个宫殿、屋舍、喷泉及其他有趣的东西，艾菲写信给一位女友："我有时会稍微取笑他那六十道门、数百扇窗户、楼梯、阳台与他日复一日关心的其他东西。"

艾菲偶尔总能说服他那位工作到精疲力竭的丈夫，晚上到广场上散步，放松一下。两人会到圣马可广场上的弗罗瑞安咖啡馆与其他咖啡馆坐坐。"这个广场就像是个大客厅，"艾菲告诉她的母亲，"被围绕在长廊旁的煤气灯照得通明。淑女绅士坐在那里喝着咖啡、冰水，抽着雪茄，而许许多多男男女女、小孩、士兵、土耳其人与穿着希腊服饰的奇特人物，在广场中央来回走着，这一切都笼罩在群星密布的夜空下。我昨天晚上和约翰在那随意漫步着，直到八点后，没戴帽子，只把头发盘了起来。我们像其他人一样融入人群中，在长廊下喝着咖啡，过得十分愉快……"

在罗斯金只在水都忙着艺术之际，年轻的艾菲和朋友夏洛特·凯尔（Charlotte Ker）便没入威尼斯缤纷的日常生活中，看戏剧表演，任由上流社会的年轻男子献殷勤，但保有一定的矜持。艾菲写信告诉母亲，她没见过像约翰这样不会吃醋的男人；他的骑士精神让人着迷。有一天，一名年轻的男子当着罗斯金的面，毫不掩饰地恭维艾菲是他见过最漂亮的英国女人时，约翰只冷冷表示，只要他妻子漂亮的话，也就没问题。

艾菲后来承认，和这位大她九岁，在维多利亚时代严正风气下长大的罗斯金，一点都不像她对外所表露出来的那样快乐。她在这个外国城市与陌生的奥地利社交圈子及未全然避开这座被占领的城市的意大利贵族社会中，举止优雅自然。有人甚至为艾菲决斗，许多奥地利军官立刻便爱上了她。艾菲愉快地对她母亲表示："我敢向你保证，我们就像他们的司令，让这些奥地利军官和士兵晕头转向。"威尼斯虽然仍被围困，但对这位家有十四位兄弟姊妹、年轻乐观的苏格兰女人来说，却是一场辉煌的盛宴。

相反的，她的丈夫真的见到水都濒临没落。一八五〇年一月，他写信给英国一位神职朋友："但您现在离开温德费尔德（Wendlefield）的绿色谷地，登上我的摇船，告诉我您十分喜欢潟湖中央的景色。圣马可广场在您眼前，可以见到许多人，五十名士兵

145

组成的乐队正为他们演奏着华尔兹。大部分的听众都在挨饿，他们在阳光下来回走着取暖。其他人在那里不是无事可做，便是无所事事。但只要可以，大家都会立刻杀掉演奏着华尔兹的士兵。他们的另一侧有间教堂，有着柯林斯风格的门廊，前面驻扎着一队炮兵，配有六门对着圣马克广场的大炮，用来制止那些无所事事的人杀掉那五十名演奏着华尔兹的士兵……"

为了能够实现他拯救威尼斯老建筑的理想计划，罗斯金一早离开下榻的丹尼艾里饭店时，会带上几名助手搬运梯子和照相器材，包括他的英国仆人乔治、意大利仆人多米尼克（Domenico）、他的船夫，也时有带上艾菲和她的女友夏洛特。他们测绘或拍摄下水陆上重要建筑的所有细节。"要是特别难处理的画面，"罗斯金的德文传记作者沃尔夫冈·坎普（Wolfgang Kemp）指出，"罗斯金便会在圣马可教堂的主祭坛旁躺上半个小时，描画着上方的东西。"接着他便耐心地让他的仆人多门尼哥清理他肮脏的衣服。

除了甘心接纳罗斯金那种吹毛求疵，并尽力支持鼓励他的艾菲外，罗斯金的周遭对他的意图并非都有好感，尤其冬天的气候对这种描绘工作更是不利。罗斯金这时觉得几乎无法在重感冒与在冬日寒风中以冻僵的手指画出窗台轮廓——接着并发现这个轮廓和入口楼梯的并不吻合。尽管他在这个季节至少可以不受好奇的游客打扰，但却有其他突如其来的干扰，每一个都显得十分可笑。

例如罗斯金哭笑不得地提到他的厨子不断试着在屋子临河的入口处捕捉螃蟹，却从未成功过；而他的意大利仆人会把他拖到空荡荡的地方，约好后，却在其他地方等他；他也提到一名特别会干扰他注意力的渔夫，当罗斯金想捕捉安康圣母教堂上的晨光时，那位渔夫就在自己的窗前把活生生的螃蟹串起来当成诱饵；而每个教堂的钟都正好在罗斯金于钟楼工作时开始响起；或那把他的图稿吹入运河的风，有次甚至刚好跟在一位船夫后面。

"我想《威尼斯的石头》会有一些价值，只要那是他在准备的作品，但这并不容易看出来，因为他觉得必须撰写许多之前还未有人写过的东西……"艾菲在信中这样告诉她母亲。

罗斯金年轻的妻子是该期待《威尼斯的石头》"会有一些价值"。她认真的丈夫这几年来一共在威尼斯待了十五个月，用画笔在这彻底观察与小心记录。结果便是一百六十八张写得密密麻麻的大开纸张、两大本 A4 大小的笔记本，共四百五十四页、八本小开本的笔记本，共五百八十二页准确的记载，此外还有约三千件细部图稿。这些文字、照相与描绘的数据，经过删减、过滤、排比与彻底润饰后，成了约翰·罗斯金的三册作品，包含约一千张左右的插图，以《威尼斯的石头》之名而享誉全世界。

尽管这期间早有新的技术发明，凌驾画笔之上，但罗斯金为受损的艺术作品投入的巨大心血绝不多余，不管在精神上，还是物质上。因为这位英国画家与作家在他的作品中，真的为艺术史与今日热爱艺术的游客，留下被逐步工业化与部分被惨不忍睹的修复化成"乌云"前的童话般的水都。

威廉·迪恩·豪威尔斯

——威尼斯生活

生于美国俄亥俄州（Ohio）的年轻作家威廉·迪恩·豪威尔斯（William Dean Howells）有幸在一八六一年至一八六五年间担任在威尼斯的美国领事；他为选举所撰的《林肯传》，让他在美国内战之际得到这个职位。独特的水都激发豪威尔斯写下简短的记述，成了他第一本重要的文学作品，那是一本十九世纪威尼斯生活的素描。

豪威尔斯后来写下一百多部小说，亦创作诗篇、剧作、文学评论。在结束他在威尼斯的领事工作后，他转任编辑，接着发行著名的杂志《大西洋月刊》，直到一八八六年。他借此通过试刊与书评来鼓励他的朋友亨利·詹姆士（Henry James）和马克·吐温（Mark Twain）与其他有才华的作者。

他那起先为北美报刊撰写的多彩报道，搭配着轻松有趣的插曲，从不同的角度展现出威尼斯之美。

"喔，陌生人，"豪威尔斯《威尼斯生活》（*Venetian Life*）的第一章写道，"不管你是谁，只要是第一次游览这个神奇的城市，我便会对你说，你非常幸运。你会很高兴见到非凡无比的美在你面前演出，没有任何画可以捕捉，没有任何书能够描述——那种完美无缺的美只能感受一次，之后只好永远思慕下去。"

豪威尔斯从维也纳搭火车，旅程疲累，在一个冬日清晨的五点抵达威尼斯，接着租了一艘摇船前往下榻的饭店。当他离开了车站的辉煌灯火与喧闹，摇船滑入幽暗的大运河后，他便忘却了自己的疲累与清晨的寒意。

"我起先只能察觉到那种美妙的静谧，只被摇桨没入星光染成银练的水中打断，"豪威尔斯描述着他在大运河上的第一次航行。"接着我见到两岸壮观的宫殿耸立在幽暗的水面上，灰蒙高大，不时有灯光照亮墙面，露出阳台、柱子与石拱的影子，并在运河上洒下悠长的深红色光芒。在这隐隐约约微弱的光线下，我只感觉到这一切相当美妙，却不知道那是多么哀伤与古老；我向前滑行，仍未涌现后来绝美没落的威尼斯所带给我的悲痛……"

那两名状似海盗的船夫最后泊在一个大门深锁的楼梯前一再按铃后，"一脸流氓像"的饭店门房开了门，而船夫在敲了更多的竹杠后，才让这位乘客下船。

豪威尔斯住在大运河左岸的法利耶宫（Palazzo Falier），离学院桥不远。对他来说，第一次四处游走竟是十分迷人。他一般有一定的目的地，却不一定总能走到，因为他就像多数第一次来到威尼斯访客一样，"迷失在这个全世界最狭窄、弯曲与无用的巷弄构成的复杂迷宫中，或搁浅在某个陌生的运河上，离想去的地方好一段距离。阴暗隐秘的小院子简直就像在窥视我到处摸索的笨拙脚步，而我也老被让人迷糊的路径难倒，被迫放弃，尤其是站在一面死墙前，或十分意外来到某个运河岸边时"。

豪威尔斯立刻便为威尼斯神魂颠倒。他确定在"这个美的国度中有完美的民主"：一切都同样令人喜欢，不管如何朴实或寒酸。威尼斯一个华丽的月夜，一艘落单的摇船滑过平静的河水，让月光下银色的水面化成无数的涟漪，远方小广场到圭德卡岛的灯光则在夜色中溶成一道火焰，对这位作家来说，却比不上他某晚在宫殿后院子中见到那位煮咖啡的老人，更令他愉快："一整天，空气中洋溢着芳香的咖啡豆味道，一整天，这位耐心十足的老人——我们想称他为智者——转着一个铁皮鼓，就像威尼斯人煮咖啡那样，优雅地在火堆上烘焙着。当现在夜色降临，星光洒上他的身，红色的火焰在他身上罩上鬼魅般的影子时，他比之前更显崇高庄严。他有圣人的胡子与元老的威望……"

　　冬天来威尼斯的游客，往往为认为南方的冬天比较温和。但对威尼斯来说，完全不是这回事。威廉·迪恩·豪威尔斯在十九世纪时已有这个经验，在他第一次造访威尼斯，便发现冬天严寒刺骨、令人绝望。他写道，德国人虽然在这引进炉子，但并未博得威尼斯人的好感，他们认为炉子带来的温暖并不健康，并尽量不靠火过活，忍受北国人在屋里根本没有的严寒。"因为自己可笑的偏见，他们生着可怕的冻疮，和双脚一样为病痛所苦的双手，在深受严寒摧残的人身上，造成让骇人且令人难受的画面，只要一痒起来，并试图抓痒缓和时，便让冻疮化成肿大的伤口。"这位作者生动地批评道。

　　意大利的屋舍结构，多半在一般会持续约八个月的炎热季节之际，通风阴凉。不在一楼的房间既大，又通风凉爽。宫殿中有两种房间：位于二楼用来过冬的小而舒适的房间，与三楼大而通风的大厅与沙龙，用来避开焚风带来的炽热。不过多数的人冬夏都得住在相同的房间，在豪威尔斯那个时代，唯一的差异在于，寒冷的季节时会在沙发前铺上一张狭长的地毯。因为就连贫苦之家的地板都是石头铺成，不管是大理石拼贴地面，还是水泥与大理石块混合后光亮如镜的磨石子地面。豪威尔斯观察到，住户在坐着的时候，脚下会有枕头，也会在屋子穿着皮毛大衣或棉衣。

男人在冬天多半会挤在令人窒息的小咖啡馆里，靠着烟雾、气息与体温来驱寒——一个女性无法享有的优势。她们只有"史卡迪诺"（scaldino），一个上了釉的有把小陶壶。这个"史卡迪诺"陪着威尼斯女人在屋里房间中走动。上街时，她们会把这个温暖的玩意挂在手臂上，里头装满火热的木炭，以此方式稍微取暖。

豪威尔斯证实了戈尔多尼在他回忆录中提到的一点，即威尼斯人几乎不在家中会客，而是一起到餐馆或咖啡馆，在那聊天或谈生意。这位美国作家私下也希望这种习俗能在美国故乡生根，因为威尼斯的咖啡馆与餐厅中，大家显得相当自由无拘，更加高雅与奢华，面对朋友时，也不会觉得有何义务。

豪威尔斯起先常常找不到路，那是因为他还不知道圣马可广场是小城威尼斯的心脏，杂乱无章的街道与运河系统几乎必定会把访客带回到那里去。因为总有一群人朝着圣马可广场移动，或从那里过来。大家只需跟着这道人流游动，便会漂到那座大广场或可以直接通往广场的里亚多桥。

不论冬夏，广场日夜都是最受欢迎的集合地点。"广场平地被一排闪亮的店面与咖啡馆包围住，那是全世界最有品味与华丽的店面与咖啡馆了，"豪威尔斯表示，"全都位于行政公署的一楼，围住广场三面的长廊，就算奥地利的乐团在那演奏着，也挤满了无所事事的人和顾客；因为我们注意到，就连最率直的爱国分子都可在行政公署下走动，而不会在他踏上广场见到那些被彻底玷污的东西时，

感到良心不安。"❶

据豪威尔斯观察，整个威尼斯从第一个温暖的五月天到九月底，都沉浸在一种甜美的氛围中。大家坐在夏逢尼海岸旁、圣马可广场与其他城区不同广场上的咖啡屋门前，聊天说地，但最富丽的演出是在圣马克广场上，尤其在夜里，广场"笼罩在无法言喻的光华中，是由周遭建筑上无数的灯光呈现出来的。拿破仑庄严的皇宫、点缀着雕像、拱廊与石柱的行政公署及散发着拜占庭魅力的教堂——等你明天再度到来时，这一切会否依然安在"？

作家尤其迷恋弗罗瑞安咖啡馆，因为他觉得那里无所事事的人最为有趣。各种政治倾向的人聚在这个典雅的小沙龙中，尽管那里也有些绝不会和其他团体同流的团体。"意大利人会很小心聚在陈设有绿色天鹅绒的房间，而奥地利人……则偏爱有着红色天鹅绒家具的房间……"

豪威尔斯对这些懒懒散散、游手好闲的意大利人暗自有好感，他们几乎不太交谈，或突然间会大声争执，接着又默默观察着周遭。"他们之中年纪大的双手好好握住自己拐杖的头，盯着地面看，或埋在法国报纸中彻底浏览。年轻人多半站在门口，不时和穿着黑上衣、系着白领带、举止高雅的侍者开着无伤大雅的玩笑，他们忙进忙出，尖声朝小桌子旁的簿记员大喊。有时，这些无所事事的年轻人会晃到保留给女士与禁烟的房间，慢慢好好地享受美妙的画面，接着再

---

❶ 一八四八年欧洲各地爆发革命之际，威尼斯成为一独立共和国，脱离奥地利统治，翌年，被奥地利军队镇压。直到一八六六年奥地利在普奥战争失利后，威尼斯才回归到一八六一年成立的、和普鲁士结盟的意大利共和国。

回到那些沉默寡言的同伴圈子中……"

对面的瓜德里咖啡馆，一样不输阵脚。不过那里的一切都散发着制服的光彩，悠闲中伴随着嘈杂的谈话，都是带着奥地利腔的德语。"这些军官都是相当英俊、看来聪明的家伙，脸色总是和善，"豪威尔斯观察到。"他们来去匆匆，坐下来时，精钢打造的剑鞘都会撞到桌子，不然就是站起来时，长军刀会撞到他们叉开的腿。他们是全世界最优雅的军人，要是不规范他们的穿着的话，很难想像他们会穿成什么样子，尤其见过他们穿着平民百姓的衣服时。"

等豪威尔斯的语言能力再进一步时，他不仅懂得咖啡馆里的演出，也会欣赏舞台上的表演。"我在威尼斯的剧院看过出色的表演，"他写道，"不管是现代十分有趣且杰出的意大利喜剧，还是戈尔多尼的老剧目。这些作品如果在威尼斯欣赏的话，原汁原味，更加精彩，单单无比地道的刻绘与用色，就值得大书特书……"

不过，正如豪威尔斯所言，戏不仅只在封闭的空间演出。大运河的涨落"对一般人来说便是一种魔力，在那一条宫殿构成的童话般水道，待在法利耶宫迷人的小阳台上"：豪威尔斯，特别在秋天，每天从那上面看着满载的摇船每天把整船整船的英国人送到下榻的饭店，其中有着脸颊红润的少女，豪威尔斯发现她们"都是一副正派的英国教养，全都戴着小而奇特的英国帽，头发一致地泻落在她们宽大的英国人背上……我们早上会在广场上见到她们，在弗罗瑞安咖啡馆，在圣马可教堂中……而这些年轻的女孩……深情地喂着圣马可广场上那些游荡的鸽子……十月是落日与英国人的月份"。豪威尔斯承认，事实在于美国人不喜欢这些人，他相信，双方都有这种反感。

豪威尔斯对拜伦爵士也稍微嘲弄了一下："拜伦……习惯不时到丽都岛骑马，找寻这位正直的歌手与诗人特别偏爱的一种特有的孤独……"就连拜伦当时的住处都无法幸免："拜伦住的莫岑尼哥宫在近来成功的修缮后，又焕然一新，但却显得丑陋不堪，由于那是大运河上最丑的宫殿，丝毫引不起我们的兴趣。守卫带访客参观诗人写作、用餐与就寝的房间，我猜，他的一名情人便从大门口上方那个难看的篮子状阳台跳到运河中的……"

豪威尔斯对卡尔洛·戈尔多尼之前的住处更感兴趣："这座漂亮的哥特式老宫殿正好位于一间卖着难以下咽的酥皮馅饼店铺对面，靠着弗拉里教堂（Frari）旁的一条小运河及德·侬波里大街。"当这位美国作家参观宫殿时，一名仆人带他看了最顶楼一个全新的房间，表示那位大剧作家在那写下他不朽的喜剧。"但我知道，戈尔多尼年少时已不住在这里，"豪威尔斯写道，"很难相信那位导游的话，但还是很高兴他提到这点，并知道些有关戈尔多尼的事……瞧一眼一楼的院子并无妨。你或许会喜欢那个通往楼上的漂亮老楼梯——我不敢确定那通到哪里——上面点缀着许多小狮子头。"

马克·吐温
—— 天真的游客

他的大名主要来自《汤姆·索亚历险记》和《哈克贝利·费恩历险记》这两本鼎鼎大名的青少年小说：马克·吐温原名山缪·朗豪·克雷门斯 (Samuel Langhorne Clemens)，以老水手的喊声来当笔名，意思是指水深两英寻，也就是密西西比河上的航行安全界线。他在那里长大，出生在一典型的垦荒家庭，住在美国中西部大森林、草原与大河构成的蛮荒地带，也就是他著名小说的舞台所在。离开学校后，他先在他哥哥开设的报纸印刷社当排字学徒，后来成为印刷工人，四处云游。一八六二年起，美国内战时期，他在南军中短暂服役后，便担任起记者，以"马克·吐温"为笔名。

一八六七年，马克·吐温以记者与报社通信员身份第一次来到欧洲与巴勒斯坦，一八九一年至一八九五年与一九〇三年至一九〇四年，他另有其他大型的欧洲之旅。他妻子奥丽薇亚（Olivia），一名富有的实业家之女，以及朋友威廉·迪恩·豪威尔斯，改掉他开始时那种全是粗俗用语、未经雕琢的风格，让他伟大的写作才华名扬世界。一九〇七年，鉴于他生动轻松、写景深刻、包含小说、短篇故事与幽默文集的全集作品，牛津大学授予马克·吐温荣誉文学博士头衔。厄内斯特·海明威（Ernest Hemingway）认为马克·吐温对话丰富与鲜明的叙述方式为现代美国史诗的典范。

马克·吐温的旅游信简集名为《天真的游客》，原本刊载在报纸上，两年后，在一八六九年以书本形式出版，叙述一群美国游客到地中海国家与圣地的观光与学习之旅。一八六七年，马克·吐温以记者身份参加这个旅行，搭乘如正式通告中所说的"十分豪华巨大的蒸汽邮轮'贵格城号'(Quaker City)"。

在马克·吐温以美国西部与夏威夷的报导和他相当成功、幽默逗趣的短篇故事集《卡拉维拉斯的著名跳蛙》走红之后，他那深受读者喜爱的天真游客游记，更让他成为当代家喻户晓与稿费最佳的作家。他的成功轰动，不仅归功于荒谬场景的逗趣描写，还有那种拿来描述他那群"天真"旅伴与他本人的嘲讽风格。这次出游可是大费周章：

> 这次欧洲与圣地的大型观光之旅，在美国各地的报纸与无数人家中累月报导讨论。那是一种新的旅游方式，之前从未有过类似的活动。那会成为一种规模盛大的野餐。虽然不是那种慢条斯理的蒸汽游船，载着青年男女和馅饼与煎饼，沿着某条不知名的河而上，找个绿油油的草地下船郊游……参与这次大轮船之旅的人士，会在挥舞的旗子与震天的欢呼声中动身出海，到大洋的另一面某些陌生的国度与某些历史上知名的地方，度上王公般的假期！

六月八日，船驶离纽约，展开几个月的欧洲之旅。团员包括三名牧师、八位医生、十六或十八位女士（马克·吐温并不清楚正确数目）、头衔响亮的军中名人，还有许多不同系所的教授。在搭船与乘坐火车参观许多国家后，一行人终于也来到意大利。这时改搭火车，从加达湖朝威尼斯出发。

"那是一段漫长的行程。但在傍晚时，我们安静坐着，搞不清楚身在何方，这时便有人喊道：'威尼斯！'果真，一英里之遥处有座大城，漂浮在宁静的大海上，那里的碉堡、圆顶与教堂尖塔沉睡在夕阳金色的雾霭中，"马克·吐温写道，跟着立刻展现自己对水都没落的不堪故事早已了如指掌："威尼斯，这个近一千四百年来高傲、战无不胜、庄严崇高的共和国，靠着军队博得世界的掌声，不论他们在何时何地战斗，战舰几乎都主宰着大海，而商船则无远弗届，绽放着自己的白帆……然而，如今却穷困、遭到冷落、衰败难堪……他的名声以及周遭宫殿斑驳下的华丽，迷失在自己死寂的潟湖中，成了乞丐，被世界遗忘……大家真的不该理会这座城市的残破、贫困与自卑，而只想像这座城市的过去，那时他们击沉卡尔（Karl）大帝的船队，侮辱弗里德里希·巴巴洛沙（Friedrich Barbarossa），或让他们胜利的旗帜在君士坦丁堡的城垛上飘扬……"

马克·吐温看来很断然认定这座知名的水都现今的状况黯淡无望。甚至连那备受歌咏的主要交通工具，在他悲观嘲弄的目光下都变了样：

> 我们晚上八点左右抵达威尼斯，登上一辆欧洲大饭店所属的灵车。至少那比较像是灵车，而不是像大家所读到的摇船。那便是威尼斯备受赞美的摇船，那个童话之船，过去美好年代里的王公贵族便搭乘这种船只在月光下的运河破浪前进，看着

显贵美女温柔的眼睛，滔滔说着情话，而愉快的船夫穿着丝质的紧身上衣，弹着吉他，唱着船夫之歌！这便是著名的摇船与出色的船夫！一个是急驰而出的墨黑舟艇，上头架着一个阴森的灵车模样玩意，一个是衣着褴褛的赤脚街头小混混……

这位美国作家自觉被童话城市的假象所蒙蔽，感到吃惊。偏偏那位穿着褴褛的船夫这时突然唱起歌来。马克·吐温忍了一会，接着便说道："现在你给我听好，罗德利哥·冈查雷兹·米开朗琪罗，我是个朝圣客，我是个外国人，但我可不想让我的感觉被这种鬼哭狼嚎搞得四分五裂。要是你不停下来的话，我们之中便有一个人要跳下水……再有一声尖叫的话，你就给我滚下船！"

这位吓得魂不附体的船夫当然马上住嘴不唱。马克·吐温这时相当肯定，美丽的老威尼斯已经寿终正寝。不过，随着船只缓缓前行，他大吃一惊，明白自己太早盖棺论定："不到几分钟，我们便翩翩来到大运河上，诗意浪漫的威尼斯在温柔的月光下，展露在我们面前。一长排辉煌的大理石宫殿直接临水而立；摇船匆匆往来，蓦然消失在意想不到的门前与小巷中；坚固的石桥投影在闪烁的波浪上。到处都熙熙攘攘，却又笼罩着一层宁静，一种偷鸡摸狗般的宁静，让人想到刺客与情侣们见不得人的勾当；半掩在月光下，半掩在神秘的阴影中，这些共和国阴森古老的大宅子仿佛在这一刻睁着一只眼瞧着这类事件。音乐从水上飘来——威尼斯完美无瑕。"

这一晚有某个圣人的庆典，全威尼斯都来到水上。两千艘摇船聚在广大的水面上，每艘都挂着二十到三十盏灯笼。极目所见，全是密密麻麻的彩灯——"宛如一座繁花缤纷的大花园，只不过花朵绝非静止不动，而是不停分分合合，相互杂混……而不时，一个缓缓离开地面的烟火在周遭的船艇上洒下鲜红、翠绿或宝蓝的光芒，辉煌明亮。"

许多年轻男女大肆装点着自己华丽的摇船，在船上用餐，听任自己的仆人侍候。四处都有音乐。有些摇船上还有钢琴演奏，其他的则听到合唱，还有小型弦乐团与管乐队。马克·吐温十分倾倒："这个节庆实在动人，持续一整晚，我从未过得如此愉快过。"

然而，马克·吐温翌晨发现白天的威尼斯较不迷人。在让一切露出原形的阳光下，可以看出威尼斯没落、穷困、毫不起眼。

但在月光下，过去辉煌的一千四百年把这座城市包覆在自己的光环下，让威尼斯再次成了最为高贵的国度：

一座骄傲的城市坐落在蓝色的海洋上；
大海靠着潮汐，冲洗着她
大大小小的运河；咸味的海藻
缠住每座宫殿的大理石块。
没有小径，没有人行，通往
她的大门！那条路来自海上，
不可捉摸；我们离开陆地，
仿佛这座城市沉浮在浪涛间。
我们滑行在运河间，如在梦境，
那么温柔安静，经过几座大教堂，
宛如清真寺般，而在一些回廊，

石像翘首望着蓝天；

某些露出东方傲气的房舍

来自过去商贸之王的打造；

光阴或许在墙面上留下疤痕，

每每依然散发着艺术的光华，

仿佛那里流动着隐而不显的壮丽。

等到心里不再计较现在的威尼斯后，观光行程依然进行下去。旅行团在总督府听人解释无数的历史绘画与肖像，直到精疲力竭。一行人倒是被墙上一块空白迷住，那里缺了一幅总督的肖像画，只留下乌黑的方块，原本那里应该挂着马里诺·法利罗的画像。肖像所在之处只有一段简短的文字，表示这位阴谋分子罪大恶极，被处死刑。

在马里诺·法利罗总督被砍头及以前总督加冕的大阶梯上，导游指给这群游客两个细长的开口看。那是"两个简单且不起眼的洞口，根本引不起外人的注意，但那却是可怕的狮口！狮头不见了（被占领过威尼斯的法国人打掉），然而这是匿名指控信的入口，某个敌人在夜里偷偷投入，导致一些无辜的人跨过叹息桥，锒铛入狱，再也无望见到太阳……"

马克·吐温认真地为他的美国读者概述他第一次观光旅行在威尼斯的所见所闻——那往往是相当客观的报导，显然引自旅游手册，再搭配上丰富的个人观察。这样一来，叙述又再生动起来，例如提到月夜中的庆典，或让这位在水边长大的作家十分着迷的船夫的行船绝技。"威尼斯的摇船在滑行时，像蛇一般自然优雅……船尾安置甲板，船夫立于其上，摇动一支摇桨——自然是块长木板，因为他近乎直立……他竟然能够向后滑行、加速、笔直前进或突然急弯，他是如何把桨保持在那个小小的凹槽中，在我看来是个谜，想破了头……有时他猛然急弯或在千钧一发之际擦过其他的摇船，让我吓出一身鸡皮疙瘩……"

当马克·吐温听着年轻的威尼斯女孩谈话时，也会起这样一种让他熟悉的鸡皮疙瘩。不知为什么，他似乎知道她们会在露天台阶上站立谈笑、互相吻别、扇着扇子——在马克·吐温风趣的描述下——并说着："要快点来喔——那是当然——我们有间迷人的房子——离邮局和青年基督教协会很近——我们活动很多，后院也有很多游泳比赛——你一定要来看看，根本不远，只要过了圣马可教堂、穿过叹息桥，转进小巷子，走出弗拉里教堂，弯进大运河，搭船很方便的——你一定要来喔，莎莉·玛丽亚——再见！"

作者看着威尼斯女人买东西时，几乎感动到落泪："那和我甜蜜的故乡几乎没两样，"他写道，那些女士飞奔在一条条街上，一间间店铺中，只不过这里没有私人车子，而让摇船在岸边等上几个钟头，而那些好心的年轻售货员帮她们把成吨的天鹅绒、丝绸及云纹织布从最高的架上取下——"跟着她们买了一小包针后，便扬长而去。"

十二年后，马克·吐温再一次来到欧洲，这回悠闲许多。在抵达汉堡港时，这位作家打算徒步游历欧洲，不过，他接着便跳上开往法兰克福的火车。原本的行军虽然成了在欧洲悠哉闲晃，但却很少徒步。

现在他想弥补上回所错过的东西。因此，好几周以来，他从其他观光客处收集来所有关于意大利的信息。所有游客全都同意一点——必须要有处处被意大利人骗的心理准备。

这种说法很快便被驳斥：马克·吐温在杜林给了一名耍木偶的艺人一块瑞士硬币，因为自己身上没意大利钱币。不过这位木偶艺人认为这块硬币价值太高，想还给马克·吐温——直到一名通译证实这点后，他才相信。马克·吐温立刻写道，和舞台表演有关的意大利人不会骗人。

不过，马克·吐温认为意大利人的吵架真是一场骗局。他们疯狂乱跳，脑袋、手脚和全身都在示意，偶尔会突然勃然大怒，互相在对方面前挥着拳头。"我们在那浪费了半个小时，等着帮没气的死者，"马克·吐温讲述着，"但最后他们诚挚的拥抱对方，怒意全消。这个意外虽然有趣，但要是我们知道最后会和解了事的话，也不会耗掉那一大段时间。"作者认为这种吵架是在欺骗观众。

第一次威尼斯之行时，马克·吐温没见到值得他花心思的画。这时却在总督府一下见到两幅画，一幅是大议会厅中"丁托列托三顷土地般的大画"。十二年前，导游对他乱说那是一幅有关天堂造反的画。

马克·吐温认为画中巨大的动态十分庄严。在他的描述中，听来像是如此："那有成千上万的人物，各有动作。整幅作品中有种美妙的神韵。几名人物合起双手，头部往下，其他的悠游在云端，有的仰身，有的俯视，大批的主教、殉道者与天使从不同的画面边缘迅速涌到中央，到处都是振奋的欢乐、动荡的场面。十五到二十名拿着书的人物散布在各处，但却无法专注在书册上——他们要把书给别人，却没人这时想要阅读。有拿着书的圣马可之狮，有提起笔的圣马可，他和狮子严肃地看着对方，争论着一个字——狮子抬起头，一副钦佩不已的样子，而圣马可一个字一个字写着。艺术家描绘得贴切无比。这是这幅令人难忘的画的出色之处。"

马克·吐温对这幅壮观的画着迷不已，每天都去观赏一番。他写道，画面的动态几乎强烈到无法想像。"人物歌唱着，许多吹着号角，画面生动表达出声响，深陷其中的观画者几乎要朝对方喊出自己的看法，弯起双手做成话筒，就怕对方听不到，"作者表示，常常可以看到一名观光客流下真诚的眼泪，双手做成话筒状靠在妻子耳旁喊道："喔，那里有着永恒的安宁！"

马克·吐温表示，他之前不会欣赏这幅画，直到在海德堡研读艺术后，才有了这种杰出的修养。他今天的艺术知识，全都归功于那次的学习。

马克·吐温在分析他所称的《巴桑诺的不朽皮箱》❶这幅画时，再次展现他非比寻常的艺术理解力；画挂在十人议会大厅，位于另外两幅大画旁。"皮箱不像常见的不朽作品的主体那般，朝观画者头上抛来，"马克·吐温以专家的语气解释着。"不，皮箱被小心处理，不让落下，被排列起来，搁在背景中，相当巧妙地留来备用，大师相当谨慎巧妙地展示皮箱，因此等到观画者最后看到皮箱时，便会感到意外，不知所措，突然呆若木鸡。"

马克·吐温警告，大体浏览那幅画的画，不会有人注意到画里有个皮箱。这个皮箱在画名中根本没被提到。画的名称如下：《教皇

---

❶ *Francesco Bassano the younger*，又名*dal Ponte*，意大利画家，1549年生于 Bassano，1592年死于威尼斯。

亚历山大三世与打败弗里德里希·巴巴洛沙皇帝的总督贾尼》。"我们看到,"马克·吐温如此结束他奇特的观察,"画名果真用来转移大家对皮箱的注意。如我所言,这样一来,这只皮箱就不会被指指点点,但却会一步步被引导过去。"

马克·吐温观察到,在威尼斯,人们会在圣马可教堂中逗留许久。那间教堂有着奇特的魅力——一方面因为年岁久远,一方面因为教堂很丑。许多其他著名的建筑没有一种基本道德:和谐,而是由美与丑杂乱无序混合而成。看着这些建筑,会感到不适、不安与抑郁,还不明白其中的原因。而圣马克教堂的情况完全不同,看着这间教堂会感到十分泰然,因为其中的细节"丑得不行"。没有任何错误与不得体的美硬生生加进来,结果在这个宜人、静谧、提神的丑陋中有了一种出色和谐的整体。

"教堂丑得不行,很难一直和它保持距离,"马克·吐温写道。"每次,当教堂敦实的圆顶从我眼前消失时,心里就会涌现一股沮丧之情;每当圆顶再次出现时,我总会狂喜不已。我最高兴的时刻,便是每天在弗罗瑞安咖啡馆前,越过大广场看着教堂。立基在那一长排短小粗笨的石柱上,背部罩上圆顶,这座教堂看来就像一只长着肉瘤的巨大臭虫,在那散步沉思。"

马克·吐温表示,在停留威尼斯之际,他总能学到许多有关造型艺术的东西。特别是僧侣与殉道者的造型,他现在相当熟悉:"要是我们看到一位僧侣,静静抬起头,身旁有头狮子,我们便知道他是圣马可。要是我们看到一位僧侣拿着书和笔,静静抬起头,苦思着,我们便知道他是圣马太。要是我们看到一位僧侣坐在岩石上,静静抬起头,旁边只有个骷髅头,没有其他家当,我们便知道他是圣杰洛姆（Hieronymus）……要是我们看到一个人静静抬起头，没注意到自己的身体被乱箭射穿，我们便知道他是圣塞巴斯强(Sebastian)。要是我们见到其他静静抬起头的圣人，我们总会问到那会是谁。因为我们想要学习，我们便会问……"

亨利·詹姆士

——一桩永恒的风流韵事

一八六九年起，亨利·詹姆士这位爱尔兰裔美国人便固定住在欧洲，因而作品同时被归入英国与美国文学中。身为一名世界性作家，他熟知两大半球的文化，并在许多小说拿来相互对照——美国的活泼天真和"老欧洲"的经历——有些作品亦被拍成电影，如他在威尼斯完成的《一位女士的画像》（又译为《仕女图》）。水都也是他的小说《鸽之翼》（又译为《欲望之翼》）与中篇小说《亚斯彭的遗产》的场景。

　　在他的文集《意大利时刻》中，一开始的词目"威尼斯"便表示："写下这个字眼，让人十分愉快。但我不确定，再在这个词目中加油添醋，是否有点放肆。威尼斯已被描绘书写过成千上万次，而威尼斯也是世界上唯一不用前往便可造访的城市。随便打开哪一本书，你就会找到有关这座城市的赞歌。随便走进哪一家店，你就可以找到三四张漂亮的风景图片。关于威尼斯，显然已没有什么可说的。大家都曾去过那里，带回许多照片。大运河就像我们当地的大街一样，没什么秘密可言，圣马可教堂的名字听来就像邮差的按铃声一样熟悉……再也没有什么新鲜事可说了。"

　　亨利·詹姆士来到水都时，威尼斯的象征特质已完全被大家固定下来，其中也包括詹姆士的英美当代人士。拜伦爵士在《恰尔德·哈罗德游记》中对威尼斯没落的抱怨，造就了英美的威尼斯想像："斑驳的雕像，全都碎裂—— 一整排过去的总督化为尘埃……"罗伯特·布朗宁（Robert Browning）的许多诗、威廉·迪恩·豪威尔斯的《威尼斯生活》记述，以及约翰·罗斯金通过艺术来试着挽救可能没落的威尼斯，都以自己的看法开拓了这个想像。

十九世纪初，不仅威尼斯在其黄金时代的辉煌画面开始在美国文学中形象化，而衰颓、贫困、没落与异国政权的专制，也成了其中的题材。亨利·詹姆士自己的看法却是正面的。例如，关于约翰·罗斯金的悲观论点，他泰然表示，这位英国作者虽然看来放弃了威尼斯，但却是在他从中得到半辈子之久的乐趣与无法估量的名声后。毕竟有关威尼斯，没有比罗斯金的作品更佳的读物了。水都虽然在权力与富丽堂皇上损失惨重，而威尼斯人也不再拥有许多他们所谓自己的东西，但他们依然住在这个世界最美的城市中。

亨利·詹姆士除了在威尼斯写作外，便依循着这一观点。对他而言，欣赏一幅提香或丁托列托的作品，在摇船中四处载沉载浮，靠在阳台栏杆上或在弗罗瑞安咖啡馆喝东西，便是"无比，却单纯的享受"。

詹姆士认为，对一位敏感的游客来说，最糟糕的一点便是他有太多的竞争者。他很想独自探索完全属于他的一切。威尼斯虽然有些讨人厌的东西，但都比不上大量的访客。他们破坏了一桩将要开始的爱情。只有日日夜夜在威尼斯生活，才会感受到这座城市的整体魅力：

这座城市不停变化着，仿佛一位无比情绪化的女子，只有注意到她的各种美时，才算真正认识她。她可以心情不错，也会感到沮丧，可以苍白或红润，灰暗或粉红，冰冷或温暖，活泼或虚弱，完全视天气或时间而定。她一直有趣，也总是悲伤着，但有着千变万化的妩媚，乐于见到意外的惊喜带来的快乐……这一切开始令人不忍释手，让人依赖，成了自己生活的一部分。这个地方仿佛化身为人，有着人性与感受能力，能察觉到你的好感。你想拥抱她，对她温柔，占有她。最后，占有欲念愈来愈强，你的造访成了一桩永恒的风流韵事……

不过，要是大家像作者有一次三月中来威尼斯的话，便会感到失望。詹姆士多年不在威尼斯，而他现在在那所见，令他气愤，有如一名深受伤害的情人失去了他所爱的女子一样。因为，在这期间，这座美丽无助的城市如詹姆士所述那样，受到愈来愈多的伤害所苦：

这些野蛮人完全占有了她，你颤抖地等候着他们的下一步。从你抵达的那一刻起，你就见到威尼斯这座城市几乎再也不存在；剩下的只是一个设备差劲的色情表演与一座商场。一群粗野的德国人在广场上扎营过夜，总督府与学院美术馆里全是他们的吼声。英国人与美国人来得稍晚，不过却同时和一大批较不引人注意的法国人来，他们大半时间都待在瓜德里咖啡馆用餐，在这个时间见不太到。一八八一年的四月和五月，不是参观总督府与学院美术馆的好季节……

这位敏感的作家对发出扩音器般声音的导游，说着不同的语言，带着那群没有方向感游客大大咧咧进出教堂及博物馆，相当反感，直视为一种恐怖经历。广场受到污染，而他在哪儿都觉得被观光客追捕着。商贩和兑币者就在圣马可大教堂前干起他们龌龊的生意，他们跟着他跨过门槛进到幽暗的圣坛中，拉着他的袖子，小声在他耳边说着，为抢客户而大打出手。"圣马可大教堂简直受到玷污，正如我所说的，要是威尼斯是座大商场的话，那这个出色的建筑便是最大的市集摊位。"这个景象让人铭记于心，而这位愤怒的作家还特别在这唤起新约中基督把商贩和兑币者赶出神殿的著名场景。

好在，对读者来说，作者的怒气还是消了——威尼斯吸引他的东西太多了，而他也明白，在他之前之后与同时，会有无数的人被这些相同的东西吸引着。为何亨利·詹姆士依然在威尼斯写作，还详细地说着威尼斯的事，他的理由倒是简单易懂，态度也显得谦虚可人：

> 我不认为我能对读者说明，我只认为，我能稍微加强他们的记忆。我相信，每个作者有足够的理由喜爱自己的题材。

亨利·詹姆士不断证实自己喜爱他的题材和那座繁殖这些题材的城市。一八八一年，他在丹尼艾里饭店附近住了几个月，就在那条通往圣查卡里亚教堂（San Zaccaria）的狭窄通道后。这个丹尼艾里饭店一八二二年起就栖身在之前的当多罗宫（Palazzo Dandolo）中，有趣的是，如修·欧纳（Hugh Honour）这位作者所言，威尼斯的第一出歌剧克劳迪欧·蒙特威尔第（Claudio Monterverdi）的《被掳的波瑟皮娜》便在这里首演。

詹姆士当时正写着他的小说《一位女士的画像》最后一部分。他的住处位于五楼,景观迷人。每当他写作停滞时,就会拿起望远镜看着窗外,希望能在外面的运河上蓦然见到"那艘思绪恰当的船"。

这位作家在他日记中回顾他三十九岁时的感受时,显得感人激动:"那是一段神奇的岁月,一段不再重复的经历。我几乎以为自己又再年轻。威尼斯甜美的春天来来去去,留下无数印象与迷人的时刻。我开始热切爱上那座城市,那里的生活,那里的人与风俗。有时我会自问,在那租间可以一直留下来的小房子,是不是个幸福的点子……我住在海岸(Riva)四一六一号五楼。窗外的景观美极了。波光粼粼的潟湖,圣乔治教堂淡红色的墙面,海岸下沉的弧度,远方的岛屿,岸边的生活,摇船的剪影。我在这每天勤奋地写作,至少基本上完成了我的小说……"

在他看来,有时他在威尼斯的生活几乎难以想像,宛如固定的节庆一般。他早上出门,先到弗罗瑞安咖啡馆用早餐,跟着在城里四处漫步,参观博物馆,打量着街上的生活,一直到中午,再到瓜德里咖啡馆吃第二份早餐。接着他回家,一直写作到傍晚五六点。偶尔,他会在晚餐前,搭乘摇船一两个小时。晚上,他又到处闲逛,去弗罗瑞安咖啡馆,听着广场上的音乐。

作家每周两三个晚上会去拜访好客的美国女士凯特琳·德·凯·布朗森(Katherine de Kay Bronson),她的房子后来成了雷琴娜饭店(Hotel Regina)。在布朗森女士家中,詹姆士虽然感受到家乡般的亲切气氛,但那个环境对他来说过于美式,尽管那里也有位著名的英国诗人经常出入。意大利专家修·欧纳在他的威尼斯作品中提到："往往可以在她的阳台上见到罗伯特·布朗宁或亨利·詹姆士吞云吐雾。"

一八八七年与一八九二年，詹姆士又再前往威尼斯，两次都住在当时属于寇提斯（Curtis）家族的巴巴洛宫（Palazzo Barbaro）。这间宫殿也充当詹姆士的小说《鸽之翼》的舞台。此外，詹姆士也在这里写下他的威尼斯中篇小说《亚斯彭的遗产》。在他一九〇二年完成的小说《鸽之翼》的后记中，亨利·詹姆士提到该书的主角是名女子："简而言之，这是关于一名知道自己强大生命力的年轻人，很早便遭到命运打击，濒临毁灭，注定不久后死亡，却同时热爱这个世界；由于这名年轻人知道自己不久于人世，相当渴望在告别之前尽可能唤起更多温柔的感觉，借此感受自己真的活过，就算残缺短暂亦无妨。"

麦丽·提勒（Milly Theale）这位年轻富有的纽约女子，知道自己身染不治之疾，成了亨利·詹姆士威尼斯小说中的"鸽子"："她浏览着房间……目光越过有着哥特式圆拱、俯视着大运河的客厅。圆拱间的两扇窗敞开着，阳台的外窗台宽大，下方是一弯美丽的运河，在风中向外飘舞松开的白窗帘，在她看来，仿佛是在要求捕捉某些她无法描述的东西。但没过一会，整个神秘的气氛便消失了；她从未如此感受到这种要求，只把这点当成她的冒险——就在这个她停留的地方……"

詹姆士的中篇小说《亚斯彭的遗产》同样也在威尼斯上演。三位主角在詹姆士的故事中，都是美国人，尽管原来詹姆士所依据的逸事，是一名美国女子和两名英国女子，克莱儿·歌德温·克莱蒙（Claire Godwin Clairmont）和她的侄女。前者曾是诗人雪莱（Shelley）的女友，是拜伦爵士女儿阿蕾格拉的母亲。亨利·詹姆士听来的故事，是由一位英国艺术评论家讲述，他发现几封他所欣赏的雪莱的信以及拜伦的信，由两名佛罗伦萨的女士保存着。他在她们那租了一间房，希望能得到那些信件。老克莱儿死后，她的侄女想把信出售给他，不过狮子大开口，艺术评论家只好赶紧开溜。

亨利·詹姆士旧酒新装。他把雪莱和拜伦合为一人，一名虚构的美国诗人。一八八八年，作家在《大西洋月刊》刊载这部中篇小说，同年并出版成书。

在这期间，亨利·詹姆士有足够的时间来处理同样在威尼斯写作及写过威尼斯的作家同侪。关于乔治·桑和缪塞在丹尼艾里饭店的爱情事件，他觉得了解得并不够：

> 乔治·桑女士在威尼斯那一年，家喻户晓，近来更是轰动——那是一篮脏衣服，连好好挽起袖子的故事缪斯至今都还没洗干净晾出来……身为老乔治·桑迷——当然迷的不是她刚发迹的时刻，而是美丽的日正当中与黄金的午后时刻——我得承认，我虽然不太积极去满足自己对我在这里影射的大冒险过程的好奇心——我所知道的，从未超出那公开的简单事实——但对一位乔治·桑迷来说，总有那么一点激动——今天的丹尼艾里饭店是那最先让人瞩目的阶段的场景……

詹姆士奇怪人们会如此好奇地追寻着天才的足迹。他认为，有趣的人所做的一切都显得有趣，会有一定的重要性，就算后来没有发生（如所说的例子）符合那些事件的体面的事。

亨利·詹姆士也顺带提一下罗伯特·布朗宁的威尼斯诗篇《摇船中的两人》与《贾鲁皮的触碰》。他和布朗宁的关系直到在阿索罗时才稍微密切起来，布朗森女士后来在那有另外一间住所，一样成了文学会谈的地点。

马克·吐温在他的旅行日记中指出，许多美国人寻找着自己可能是贵族血统的欧洲祖先；他称他们为"美国继承人"。作家高尔·维达（Gore Vidal）数十年后还认为他说得没错。他的姑妈告诉他，至少三位总督是维多家族的祖先。维达骄傲地来到威尼斯，但在有关文献中，并未发现任何一位总督有这个名字，感到无比失望。

亨利·詹姆士则积极视自己为一名"美国继承者"，他在写给家人的信中提到："我掌握着旧世界，我把它吸入，我把它占为己有。"

但在长期逗留在意大利后，詹姆士承认，除了和洗衣妇与侍者交谈过外，几乎没和其他意大利人说过话。他写道，他不得不承认这是自己愚昧，不过这显示"就连像我这样对意大利印象深刻的人，也难以深入其中"。

马赛尔·普鲁斯特

——追忆似水年华

一九〇〇年五月，马赛尔·普鲁斯特（Marcel Proust）和母亲在威尼斯待了两周。在他那部当代经历与过去记忆不断重叠的七卷小说《追忆似水年华》中，色彩丰富的水都也扮演着一个简洁的角色。

　　一八七一年，普鲁斯特这位医生之子生于巴黎，孩童时期起，心理上便相当敏感，亦为哮喘痉挛所苦，后来甚至转成一种严重的慢性疾病。在小说中，普鲁斯特利用第一人称的叙述者马赛尔，一名多愁善感的唯美主义者，来代言他在自己年轻时期梦中城市的经历。提香的图稿与乔托（Giotto）的湿壁画首度在他心中唤起这些梦境。

　　这位"马赛尔"决定真正前往威尼斯一游的原因，在于他和女友雅柏亭（Albertine）的复杂关系。她和他吵架时承认，她和一名女子一起骗了他。被这个意外告白彻底吓到的叙述者，本来就想要结束和雅柏亭已经变得无聊的关系，一方面发现这是个可以不被雅柏亭拖累，前往威尼斯的机会，一方面自己的嫉妒和自我折磨的好奇，却逼着他留在雅柏亭身边来控制她。他甚至送雅柏亭一大堆礼物，特别是西班牙籍的威尼斯画家与时尚设计师马里安诺·弗图尼贵族作坊出品的昂贵大衣与服饰。弗图尼在二十世纪初以高雅的服饰、大衣与围巾风靡着巴黎的仕女。一九〇七年，他在威尼斯开了一家时尚精品店，不久后又在巴黎开设两家分店。

某个春日夜晚，雅柏亭和马赛尔起了激烈争执。马赛尔怕雅柏亭提出分手要求，让她"占到上风"，便想抢先一步，自行前往他的梦中城市。一件弗图尼的衣服更加强了他这个意图：

> 雅柏亭这一晚所穿的弗图尼衣服，在我仿佛是那个捉摸不到的威尼斯的诱人魅影。那件衣服有着东方国家的纹饰，就像威尼斯，就像那些隐藏在威尼斯官殿镂空石墙后的大葡萄……就像那些有着东方鸟禽的石柱，交替象征着生与死，却在这片深蓝色光彩夺目的织布上一再重复出现无数次，在我不断探索的目光下化成了柔软的金子……但袖子抹上了一层粉樱桃红的调子，极具威尼斯风，而被称为提波罗（Tiepolo）粉红。

在马赛尔和雅柏亭想去凡尔赛玩时，威尼斯这个"诱人魅影"变得更加强烈。他到她房间时，雅柏亭正读着一本书。她穿着一件晨袍，又是弗图尼设计的，正准备答应马赛尔的提议。"她在两件弗图尼的大衣前犹豫了一会，不知拿哪一件来罩住她的晨袍——就像她不知道要带上哪一位朋友一样——然后挑了美丽的深蓝色的，在自己的帽上别了一根别针。"马赛尔真的以为雅柏亭又会与他言归于好，正因如此，他又突然涌现一股强烈的自由欲望。他现在一定要去威尼斯，不带上她。

隔天下午，马赛尔开始准备旅行用品，按铃找来女管家。她告诉他，雅柏亭一早便带着行李离开，并留下一封告别信，让他大吃一惊。

　　马赛尔惊慌失措。虽然他相信自己已不在乎雅柏亭，但这个突如其来的消息让他深受打击。他不能也不愿想像这是彻底分手，认为他们俩虽然有争执，还是可以再挽回雅柏亭。他焦急地等着她的来信或其他的表示。他放下自己的傲气，发电报求她回来。然而，就在同一天，他的希望突然破灭了：马赛尔收到一名亲戚的电报，告知他雅柏亭骑马时不幸身亡。

　　尽管他和雅柏亭有着一定的差异，马赛尔还是需要很长时间来接受这则死讯，尤其在听到她的死讯后，他又收到雅柏亭的两封来信，表示她会无条件回到他身边。马赛尔试着驱离痛苦，回忆着他和雅柏亭相处时的问题。不过这种刻意的自我欺骗，效果不大。他母亲建议他暂时换个地方，和她一起去威尼斯游玩。马赛尔表示同意。

　　他们在威尼斯的日子过得悠闲。马赛尔早上和某个年轻的威尼斯女子在小广场上游荡，参观一两间博物馆，乘摇船游大运河。中午时，他在饭店小睡一番，接着便走过大广场，欣赏圣马可教堂中的镶嵌艺术，或和母亲坐在弗罗瑞安咖啡馆吃着美味的水果冰。两人晚上多半待在瓜德里咖啡馆，享用些小东西，跟着便搭乘摇船回饭店。

　　尽管在令人乐不思蜀的水都可以好好散心，马赛尔还是不断想着他死去的情人，感觉到她在自己心里深处，"就像被关在威尼斯深处的铅皮监狱中"。

　　有天，这座铅皮监狱打开了，就算只有那么一瞬间，钥匙则是威尼斯文艺复兴艺术家维托勒·卡帕丘（Vittore Carpaccio）的一幅画《圣十字架的奇迹》。马赛尔在学院美术馆的一间大厅中第一次见到这幅一四九四年完成的名画，画着格拉多（Grado）的主教以圣十字架的遗物治愈一名着魔的人。

画面上，向上伸展的高耸烟囱像黑色的郁金香般浮现在一红紫色的天空前。马赛尔的目光从卡帕丘时代还是木造的里亚多桥，移到饰有镀金柱头的大理石宫殿，跟着停在运河上，看着穿着粉红色外套、戴着饰有羽毛的便帽的小伙子划着他们黑色的摇船。运河岸上，有一大群人。

许多年轻的威尼斯人站在画的前景，穿着锦缎衣服，戴着樱桃红天鹅绒的便帽。在马赛尔稍加仔细打量这个团体时，他的心突然感到一阵轻微的刺痛。他在一名年轻男子镶有珍珠与金子的披风中，认出那件雅柏亭在他们最后一次一起去凡尔赛所穿的深蓝色弗图尼大衣。马赛尔以为自己眼花。这是梦境，还是真实？他的记忆在跟他开玩笑吗？

在刚开始的讶异后，马赛尔很快就找出一个十分简单的解释，解释这个几乎跨越五百年、令人难以置信的“巧事”：二十世纪的时尚设计师马里安诺·弗图尼显然借用了十五世纪的画家维托勒·卡帕丘的艺术创意。马赛尔表示，“弗图尼的礼服忠实模仿原件，却又相当独特……把那个完全淹没在东方风格中、展现出这些服饰的威尼斯变了出来”。他的激动平息，心也不再刺痛。

隔天晚上，马赛尔独自漫步在小巷的迷宫中。他鲜明的威尼斯房舍描述，让人立刻想到他对学院美术馆中卡帕丘的画的描述：“傍晚时，这些房舍高耸、开了槽的烟囱在阳光下散发出鲜明的粉红与轻盈的红色色调，在屋舍上构成一座繁花盛开般的花园，五彩缤纷，几乎让人以为这座城上的花海出自台夫特（Delft）或哈伦（Haarlem）的郁金香迷的手笔……"

在威尼斯的这些日子，马赛尔几乎再也不想着雅柏亭。他和母亲一起沉浸在水都的美丽中，直到夜色降临："在载我们回去、沿着大运河而上的摇船中，我们见到两岸一排排的宫殿在它们粉红色的墙面反射出光线与一天的时刻，不像一般私人的宅子或著名的建筑，而像一串大理石礁岩，傍晚时，可在岩脚下沿着航道慢悠悠航行着，享受着落日余晖。"小说主角在梦幻般的两个星期后，心中记着这些景象，离开了威尼斯。

对小说作者普鲁斯特来说，水都大半因为约翰·罗斯金的著作《威尼斯的石头》，而成了近在咫尺的梦。一八九九年夏秋时，普鲁斯特全心读着这部作品，深为这位英国艺术学者缜密的描述折服。看来，他和罗斯金可谓心有灵犀。罗斯金和他一样出身有教养的富裕市民阶层，小时便娇生惯养，很早就专注观察着鸟禽与云层，比较研究着植物与花卉的形态。

为了进一步了解罗斯金的思路，普鲁斯特在几乎不懂英语的情形下，着手将罗斯金尚未被译过的作品翻成法文。他让朋友完成初步译文，接着在文字上进行谨慎无比的润饰。普鲁斯特长期视罗斯金为精神导师："我十分佩服罗斯金，这让我因他而学会珍爱的东西，显得无比重要，"他解释，"对我来说，那要比生命本身还要有价值。"

当普鲁斯特一九〇〇年五月和母亲来到威尼斯时，便在夏逢尼海岸旁数十年前约翰·罗斯金住过的丹尼艾里饭店租了一间房。从饭店高大的窗户，可以越过潟湖见到圣乔治岛，而更远处，还能模糊见到丽都岛低矮的沙丘。几年后，他写信给一名熟人："我来到威尼斯时，仿佛我的梦成真一般，既不可思议，却又单纯得不得了！"

普鲁斯特停留的两周，几乎都跟随着罗斯金的足迹。早上还不那么炎热时，普鲁斯特照例登上摇船，前往《威尼斯的石头》深度推崇的所有教堂与宫殿。普鲁斯特把在威尼斯的这段时光称为"极乐的日子"，他和其他崇拜这位英国大师的人"在每个似乎从海中冒起，向我们展示他所描述的对象与他思路原始模型的圣地前停下来瞻仰"。

当在第一次世界大战普鲁斯特增订他的小说之际，如《追忆似水年华》新法兰克福版编者路奇尤斯·凯勒（Lucius Keller）所见，他"由弗图尼的衣服创造出一个中心思想，把新引进的人物雅柏亭和原有的主题结合在一起"。普鲁斯特在一九一六年二月十七日给与弗图尼一位伯父结婚的德·玛德拉左（de Madrazo）女士的信中解释，如何在他的小说中发展这个主题："弗图尼这个'中心思想'，"他写道，"很少出现，但却非常重要，时而扮演着感性的角色，时而扮演着诗意的角色，时而又是一个痛苦的角色。"

赫尔曼·黑塞

——摇船中的宁静时光

威尼斯！在火车站的大厅中下车后，走到室外，眼前是个直通水中的宽大阶梯，在我们那里，会是出租马车等在那里，而这里却是摇船。只听到"贡多拉！贡多拉！"的喊声，许多船夫硬挤了过来。挑了一艘细长的黑色摇船，坐进柔软的坐椅，在舒服的摇晃中，轻轻驶进陌生的运河世界。

搭乘火车来威尼斯，出了火车站的人，今天见到的场景，和一九〇一年赫尔曼·黑塞（Hermann Hesse）第一次来到水都时的一模一样。而作家在"威尼斯"这个字眼后加上的热情澎湃的惊叹号，第一次见到这座城市便感到吃惊的游客也一定会感受到。不过，今天的游客知道价钱后，或许不会立刻跳上摇船，而改搭公共汽船，好省些钱前往想去的地方。

一九〇一年五月一日，黑塞从帕多瓦"十分舒适地"来到威尼斯。他写道，没比搭乘火车前往威尼斯更刺激的事了，尤其当火车逐渐进入潟湖，那座城市由水中升起时。他是在雨天近傍晚时分瑟缩地抵达威尼斯，上了摇船前往下榻的地方。"开始时，在威尼斯靠双脚找路，几乎不太可能，"他隔天有点死心地在自己的笔记本中写道。"我在一家客栈写下这点，还不知道如何回到我住的地方，我在那还有很多机会迷路。我的小窝在凤凰剧院旁一条宁静的小运河上。"一名乐于助人的船夫指给诗人回去的路。

赫尔曼·黑塞在一篇《简传》（*Kurzgefasster Lebenslauf*）中表示，他这辈子所有自发的旅行都是往南。这位诗人暨作家一八七七年生于德国西南伍腾堡地区（Württemberg）卡尔夫（Calw）的一个牧师家庭，一九〇一年至一九一四年间，到意大利约十次，全部时间加起来超过半年。他写道，"威尼斯比其他意大利城市更令我着迷"。身为读者与作者，黑塞发现自己和他之前的歌德与无数其他游历过威尼斯的作家，处于同样的状况下：关于威尼斯，似乎该说的都说过了，还有什么可以描述的呢？赫尔曼·黑塞得出自己的结论："作家与诗人已在无数的书中讲述过这个独特的水上小世界；我说说一些个别的经历与感受，也就满足了……"

黑塞的想法不同于许多其他作家之处，亦在于他不只想认识意大利的文化与风景而已，他也想试着接触当地的人，由于他懂意大利文，因而也驾轻就熟。不是靠着双脚走过许多地段，便是乘坐火车的三等车厢；一则因为他没什么钱，二则他喜欢和当地人聊天，而不是那些乘坐高等车厢的有钱旅客。黑塞似乎一开始就目标明确地想征服威尼斯，毫无任何羞怯，并想借由诗篇揭开威尼斯的秘密，正如他的诗《威尼斯》（*Venedig*）所清楚呈现出来那般：

> 某个春夜，我的摇船找着
> 自己轻盈的水路，似狂若喜
> 穿过狭窄昏暗的运河。

我在软席中摇晃，手臂
搁在薄薄的船舷休憩，
我心甜蜜昏沉
费力找着一个刚冒出的
奇妙字眼，完全失落在梦里。

但我不想休息，不想继续前进，
只想先弄明白这个神奇的真谛，
彻底看清这美丽的奇迹
找出这个谜为何存在，然后解开。
跟着我才知道如何述说，如何歌咏
这些难以言喻的东西。

　　第一次来威尼斯，赫尔曼·黑塞住在凤凰河岸（Fon-damenta Fenice）二五五一号的"惠勒（Hüller）小姐"处，就在歌剧院的后面。这个住处只有一条窄巷通往外头，要绕一大段路才能来到城内重要的广场，使得作家只能常常搭乘摇船。他写道，由于乘船，"而冒出许多私密的诗意。这个轻盈狭长的黑色摇船本身及那温柔无声的摆动，便具有奇特之处与梦般的美丽，属于这座悠闲、爱情与音乐之都的重要成分"。如果从教堂、宫殿或博物馆离开，见到街上嘈杂缤纷的生活，很容易就忘却刚刚见到艺术作品后留下的印象。但搭乘摇船摆荡在宁静的水上，却可专心地回味刚才所见之物。

　　黑塞在接下来的插曲中，十分鲜明地叙述着摇船可以不受意外事件骚扰的特点：在他刚抵达威尼斯时，诗人一晚透过自己房间窗子招喊一名船夫，要他载他到里亚多桥用晚餐。黑塞在房门口上了船。那是个湿热的一天，看来会有一场雷雨。在两岸栉比鳞次的屋舍围合下，狭窄的运河原本就不通明，这时更迅速阴沉下来。"怪的是，"黑塞写道，"只听到狂风在屋顶上呼啸，而我们的小运河完全不受影响，风平浪静。"黑塞答应船夫，只要他能在下雨前赶到里亚多桥，便会多给小费，船夫于是卖力摇桨。他们从小运河转进一条更窄的运河，几乎一片漆黑。他们沿着阴森森的墙面滑行，两三滴雨珠打在幽暗的水面。这条运河通往另一条较宽的运河，在不远处咆哮的风声变大起来。摇船来到大运河口时，却被风暴吹至一旁。船夫再试了一次，不过努力许久后，不得不放弃。"我们便在运河一角平静无波的水面等候着，两步之遥的大运河颇受风雨肆虐，大浪翻腾。我鼓动船夫再试一次，看看能不能转入大运河，但依然功败垂成。就在这一刻，一道灰白的闪光画过黑沉的天空——那是第一道闪电，而紧随而来，便是倾盆大雨。我对船夫喊道，尽快找个避雨处，于是赶紧沿着同一条运河往回行船，来到所碰到的第一座桥。"

他们停在低矮的桥拱下，幽黑一片。桥的宽度正是摇船的长度，诗人和船夫感到无比安全。在黑暗中，黑塞舒舒服服坐在摇船中间，船夫站在一旁，把摇船固定在墙旁，大雨从两端哗哗落下。几分钟后，第二艘摇船也来桥下躲雨，泊在他们的船旁。不久后，第三艘摇船也加入。三艘船刚好塞满桥拱，船上的人虽然无法在暗处认出对方，不过个别的喊声和玩笑，很快就转成聊天。"三名船夫就像惊弓之鸟，缩在小桥下，幽暗中，交心的谈话与回答在摇船间来来回回，"黑塞描述着这个不寻常的场面，"十五分钟内，全是这种童话般滔滔不绝的奇特声音，既神秘又愉快，在我仿佛一首亲切的小曲子，伴着落雨，成为一段回忆。"

虽然黑塞偏爱摇船，有天还是不得不更换乘坐工具。他搭乘一艘摇船由浮木码头（Zattere）前往圭德卡岛，参观救世主教堂。没想到回程，他就下了摇船，等到离开教堂后，却发现没有摇船。按照时刻行驶的船只要一个小时后才有，黑塞又必须提早离开，因为和朋友已约在圣马可广场。

最后，他见到一名渔夫的帆船来到附近，松了口气。他不停朝着那名渔夫大喊，直到他注意到他这位在岸边的外人的意图。帆船停靠下来，诗人可以上船，而且还不只如此："一路上，我大啖许多渔夫鱼篓里拿出来的新鲜牡蛎，在生涩的海水调味下，更是美味。我难以描述晨间搭船的那份舒畅与珍贵，我只记得那是一份无价的享受。知道潟湖在阳光普照下的样貌的人，便懂得我的意思：那万顷碧波的多样光彩，那座朝着蓝天升起的城市，如梦似幻，总督府耸立在前，海关大楼耀眼夺目的圆球和后方安康圣母教堂优雅的圆顶，加上生涩的水味、耀眼的红帆以及来回静静航行的大船——这一切的美，令人迷醉，仿佛梦境，让人不断担忧，这座神奇城市在水上这片显得虚幻的景象，会像白云间的彩虹般突然消失。"

黑塞发现自己的生命也反射在这闪烁的潟湖水域上，他的《潟湖》（*Lagune*）一诗便证实了这点：

> 没有任何大浪拍来
> 我的生命有如潟湖，
> 有如光彩的潮水，在远方大海

按捺住的节奏下来回摇曳。

她反射出黄金岁月的宝藏
留下歌词斑驳的曲子，
在温暖的夜里独自唱着
古老的旋律。

宫殿凋零乌黑
侧边尽是哥特式的长廊，
教堂庄严辉煌，逝去的大师
亲手大量绘制，古老久远。

华丽的宫殿早已空荡，
再没歌手歌咏，再无画师描绘。
而我亦是岁月之子，
不懂今时今日，既不爱亦不憎。

我美好的日子静静过着
在诗里，在梦中，在传奇
在运河上的黑色摇船中，
我怯懦的灵魂摇摆轻晃。

这首诗清淡的忧郁调子和诗人乐于享受的那种气质毫不吻合。
在威尼斯的日子，黑塞有许多机会欢乐轻松。不参观教堂和博物馆时，他在丽都岛做日光浴，或赤裸着上身躺在摇船中，晒一晒他那依旧惨白的皮肤——不难想像，他会不时拈花惹草。"这里的女人披着美丽的披肩，"作家心满意足地观察到，"遮住手臂和腰部，一角长长垂落身后。我见到许多漂亮的脸孔，都让人有好感，只靠眼睛便能传情表意，而她们典型威尼斯的美丽发型，又为她们增添了特殊魅力……我今天又观察她们踩着轻柔、略带风情的下班后步履在海岸旁漫步，这在其他城市根本见不到。"

相反的，黑塞对他有天早上在圣马可大教堂弥撒中听到几位同胞大声说的话，一点也无动于衷。"教堂布置奢华无比，巨大墙面的高处、天花板与圆顶全是金色的镶嵌壁画，还有地板，全是繁复的工序与贵重的材质，"作家感到激动。"镶嵌壁画并不像拉文纳更为古老的那样珍贵，但却华丽众多，令人目瞪口呆，一见之下，说不出话来。而那群德国啤酒肚却是另一幅德行，这些粗汉不管这里的富丽堂皇与弥撒，继续嘀咕议论，我行我素。这种德国脑满肠肥的商业顾问和意大利乞丐倒是出自同一个模子！"

黑塞偶尔和有教养的德国友人到附近游历，例如到慕拉诺岛上寻找前人的文学足迹。该岛在文艺复兴时代赫赫有名，曾是像彼特罗·本波、崔封纳·加布利耶（Trifone Gabriele）与彼特罗·阿雷提诺等艺术家与人文主义学者的聚会地点。"见到该岛，"黑塞记述着慕拉诺岛，"在我心中唤起对那个辉煌时代的热切记忆，岛上的玫瑰园安顿着这座出色的城市所有快活的人物，才智出众的本波、善良的崔封纳·加布利耶、机智风趣的阿雷提诺，在这里的雪松与月桂树荫下交谈，而今却不复安在。我见到提香画笔下的阿雷提诺，精力充沛、留着胡子、傲慢与捉摸不定，他后方则是光滑的海面与那一片洋溢金色光芒的潟湖空气笼罩下无尽的地平线……"

在一个春日温暖的夜晚，赫尔曼·黑塞经历了一个可被视为威尼斯憧憬的场景。"昨晚，弥漫着爱森朵夫（Eichendorff）的诗韵，"黑塞写道。"一个春日的月夜，温暖，明亮。月亮高挂在圭德卡岛鲜明的轮廓上，幽静皎洁。击水的摇桨周遭遍布着不规则的温柔银白光芒。"诗人坐在摇船中来到宁静的大运河上，月光照耀在安康圣母教堂的圆顶上，远处一艘装饰华丽的船只传来小提琴的琴音。原本显得拘谨的船夫，也被这美丽的夜晚感动，喃喃说着："好美的夜!"

黑塞任由自己缓缓静静地游荡在"这世界上最美的城市"，穿过月光下华丽的宫殿，陶醉不已。突然间，不等诗人吩咐，船夫不再摇桨，引颈聆听着。黑塞正想催他前进时，就听到了显然迷住船夫的同样的声音。在摇船停靠的一间宫殿前，上头敞开的窗户灯光微弱，传出一阵轻柔的吉他声。

"在我们停下来这一刻，琴声消失，一首歌谣划破夜晚，来到我们两个屏息以待的听众前。那是一首古老简单的歌谣，歌词我不懂，由低沉甜美的女声唱着，悦耳的声音飘过温柔的空气，越过死寂幽黑的运河。"两个男人在摇船中一动不动听着这美妙的乐音。第二艘，不久后，接着第三艘摇船也靠了过来，同样泊着不动。

　　在那美丽的女声魅力下，三艘修长的摇船静静停在阴暗的水面上，我想到希腊歌手那则传奇，他们的歌声让人类、动物和无生命的东西着迷追随。我很高兴在这首可能像某些宫殿一样古老，甚至更老的歌谣中，听到并且一同欢庆艺术青春永驻及美的胜利。

埃兹拉·庞德

——威尼斯诗篇

美国诗人埃兹拉·庞德（Ezra Pound）以其《诗篇》，特别是《比萨诗篇》，享誉世界文坛，对威尼斯有一份不寻常的亲密感情，却因为墨索里尼进行过广播演说，而长期背负污名。在庞德复杂的诗作中，这座城市多样的图像不断出现在明显之处。威尼斯报答了他这种极富精神性及听任感觉的恋慕：埃兹拉·庞德属于少数在"游动墓园"圣米歇岛（San Michele）上安息的外国人。

庞德很早便认识了威尼斯。一八九八年夏天，正如这位美国诗人后来在其回忆录中写道，在"我那位胖姨婆的监护下，十三岁那年"，周游了欧洲三个月之久。他这次旅行也造访了威尼斯。这座城市让这位少年无比着迷，他便下决心，下次一定要再来这。一九〇二年夏天，他以宾州大学学生身份旧地重游，这次有父亲陪同，就在圣马可广场钟楼意外倒塌后不久。一九〇八年二月，这时已二十三岁的埃兹拉·庞德，在印第安纳州的瓦贝希学院（Wabash College）研读罗曼语，却因违反访问女舍规定，刚被学校开除，单独一人来到威尼斯。他身上有八十块美金和约四十首诗，只要钱够，便想一直待在威尼斯。这位年轻的诗人自嘲说，威尼斯对来自印第安纳克莱弗城的人而言，终究是个好地方。

庞德的第一个房间位于多索都罗区（Dorsoduro），一个英国人特别偏爱的安静住宅区。威尼斯这个西南城区被称为"多索都罗"（硬背），乃因此区不同其他城区，都是坚硬的建地，部分地区甚至是岩石。大运河高级地段，包括安康圣母教堂、学院美术馆、古根汉美术馆及大学部分校区都属于多索都罗区，亦包括港口、乞士圣尼可洛教堂（San Nicolò di Mendicoli）周围俭朴的住宅地带及圭德卡岛。

庞德住在一间面包房上，圣维欧桥（Ponte San Vio）八六一号，位于学院桥与安康圣母教堂的路上。出自他《圣特罗瓦索》素描，在此摘录出来一首早期威尼斯的诗中，他描写了自己新的生活感受：

前奏曲：万圣运河（Ognissanti）之上

在这，我高住在人们之上，
往往就我自己和美相伴，
孤单吗？
怎么会，
在我已有自己伟大的想法时？……

我也有燕子和夕阳，
也看着脚下的众生，
在花园中，在水上，
他们唱着的歌谣，影子缓缓向我飘来
和着磨损的曼陀林与拍岸的水声……

庞德从多索都罗区出发探索水都，尽量靠着家里带来微薄的钱过活。他早餐往往只吃街头小贩便宜的蒸白薯，晚上则是一盘大麦粥。七年后，他在文集《文艺复兴》（Renascence）中写道，他很看重饥饿，因为饥饿是种经验，而艺术家的经验愈多愈好。

埃兹拉·庞德是因为文学与文人而来到欧洲。这位诗人尤其期盼他的诗在意大利比在家乡依达荷（Idaho）有更多听众。在他所读与所闻后，他认为独立共和国威尼斯是个赞助自己艺术家的开明城邦。为了让自己尽快成为一位知名的艺术家，庞德决定自费出版一本诗集。他在自己带来的诗集中，添上一些在威尼斯完成的诗，以《灭了的烛光》（A Lume Spento）（出自但丁的《炼狱》）为名，交给康纳雷乔区（Cannaregio）一名印刷工匠和出版商印行。

这本小书一九〇八年六月出版，印量一百本，绿色纸板装帧，据说这七十二页的小书是以一部教会史作品的余纸印制。为了靠诗集赚钱，庞德计划在英国或美国重新刊印，并配上熟人事先讲好的褒扬诗作。在这些早期出自他威尼斯素描《圣特罗瓦索》中的一首诗《夜祷》（Night Litany）中，年轻诗人以庄严的语气感谢上帝赐给他"威尼斯的美"。一段如下：

喔，上帝，我们过去

做过何种善行

并忘了，

你给了我们这个奇迹，

喔，水神？

在早期的《诗篇十七》有段神秘威尼斯的景象：

> 眼前水面平滑，
>
> 树从水中长出，
>
> 寂静的大理石树干，
>
> 再过去，经过广场，
>
> 进入寂静，
>
> 这里的光不是来自太阳。

这次停留威尼斯的最后一段日子，庞德住进圣特罗瓦索小区弗拉提大街（Calle dei Frati）上的一间房，离圣维欧很近。他的一扇窗面临一座有围墙的花园，而另一扇则位在圣维欧运河与万圣运河会流处。他房间正对面，运河另一岸，有间小摇船作坊，今天仍有摇船在那维修与重新上漆。

庞德这次在威尼斯停留的三个月中，这位乐于交际的诗人一点也不孤独。由于他研读罗曼语，并不难接触一些年轻的当地文人。因而在告别水都时，显得依依不舍，如他的《别离威尼斯》（*Partenza di Venezia*）一诗所表达的那样。诗句开始如下：

> 我从未如此离开过一位至爱的女友，
>
> 就像我现在离开你这样，
>
> 没错，你的水域全都喊着：留在我身边！
>
> 闪耀的笑声熊熊燃起，诱惑迷人。
>
> 喔，我三个月来认识的童话国度，

梦的威尼斯！……

五年后，一九一三年五月，埃兹拉·庞德在横跨欧洲之旅时，四度来到威尼斯。他的诗果真在巴黎与伦敦的文学圈中引起自己所期待的巨大回响。一份伦敦报纸甚至写道，他是继罗伯特·布朗宁后最出色的英国诗人。庞德在伦敦一所沙龙中也见到一位去过威尼斯的同乡，即这时已七十岁的亨利·詹姆士，他的大头和可以直接付印的冗长语句，令这位年轻诗人印象深刻。至于庞德的私生活也算小有收获：他在伦敦结识一名出身豪门的年轻女画家，多萝西·莎士比亚（Dorothy Shakespear）在一九二一年成了他的妻子。他从威尼斯写信给她，引用了一段布朗宁的句子。他当时住在法布里大街的美丽威尼斯饭店（Albergo Bella Venezia）两个星期：

亲爱的，

　　布拉斯（Brass）女士（我以前来威尼斯认识的熟人）给了我一张昨天在"凤凰戏院"的音乐会票——音乐相当棒——全威尼斯的人都到场聆听消遣，全场效果是讨人喜欢的十八世纪风格，是哥雅（Goya）、罗西尼、戈尔多尼的风格，让我好古的心陶醉不已。我一点也不讶异在那见到布朗宁或威尔第，见到他们"低头看着安静坐在自己音乐会用椅上的罗西尼"。

庞德最为赞叹的是奇迹圣母教堂（Santa Maria dei Miracoli），他在信中与《比萨诗篇》中都有提过。这所教堂在一四八一年至一四八九年，由彼特罗·隆巴多（Pietro Lombardo）和他的作坊围着一幅具有神迹的玛丽亚像所建，从外面看来像是一个珍贵的遗骨神龛，尤其是那半圆的山墙、多彩的大理石与装饰用的藤蔓与人物图案。教堂内部的墙面也到处贴上大理石。一个雕刻精美的木制筒型拱顶横跨整座教堂内部。天光透过无数窗户，照亮了显灵圣像所在的垫高祭坛部分。这座教堂让庞德整体而言相当激动，至少在两封寄给多萝西的信中塞入教堂内部的相片卡片，并在五月九日的信中称这座教堂为"一张你的肖像与一份对十五世纪这个概念精准意涵的记忆"。在他的《比萨诗篇》中，庞德也忆起奇迹圣母教堂，视其为他所致力的诗艺的一种视觉模拟："明白、准确、具体的美。"

埃兹拉·庞德在伦敦担任文学编辑与音乐评论家，赚取自己的生活费，并恰如其分地处理了他朋友詹姆斯·乔伊斯（James Joyce）和艾略特（T. S. Eliot）文学作品，在一九二〇年春和多萝西一起前往水都旅行，然而却只待了几天。由于觉得自己回到早年一个最为强烈的经验，他开始写下自传《轻率》（Indiscretions），里面加入一段关于威尼斯的沉思，表示："每一回，威尼斯不是给人一种一般的刺激，便是一种全新的感受。"

再回到伦敦时，这对新婚夫妻认识了年轻的美国女小提琴家奥尔嘉·拉奇（Olga Rudge）。这是一次影响深远的会面，威尼斯又再次扮演了一定的角色。奥尔嘉·拉奇这位俄亥俄州房地产巨子的女儿，极富音乐天分，小时候便已多次来到欧洲。一次意大利之旅时，她二十岁，便表示想在威尼斯有栋度假小屋。父亲顺了她的意，在威尼斯多索都罗区的圭里尼大街（Calle Querini）买了一栋小宅子。这三位年轻人那时都想不到，这栋位于圭里尼大街的小屋很久之后再一次成了埃兹拉·庞德的住处与他过世的所在。

　　一九二四年秋天，庞德和妻子多萝西搬到安静的拉帕罗(Rapallo)，诗人在此度过二十年孜孜不倦的创作岁月。奥尔嘉·拉奇大半时候在附近，住在圣安布洛乔(Sant'Ambrogio)一栋出租寓舍中。庞德和这位美国女小提琴家两情相悦，种下爱果：一九二五年夏天，他们的女儿玛丽(Mary)诞生，在南提洛地区(Südtirol)务农友人处长大。一年多后，庞德妻子多萝西也生下儿子欧马(Omar)，后交给英国的外祖母照顾。当了两次父亲的埃兹拉·庞德不断写作，还不时短暂拜访他所熟悉的威尼斯。

　　和庞德后来在政治上的遭遇相比，他的个人问题可说微不足道。在战时的一九四○年，法西斯的罗马电台提出一项他可在广播中自定题目演说的建议。庞德认为墨索里尼是位可以赋予意大利秩序与正义、革除腐败与混乱，并复兴文化的人物便欣然接受这个提议。一九四一年一月至一九四三年七月，诗人朗读他的《诗篇》(Cantos)，谈论欧洲文学与孔子，但其间亦不断攻击在他看来好战嗜权的美国总统罗斯福以及他身边犹太人财政顾问。

　　庞德的罗马广播演说在美国颇受注意，最后在一九四五年，导致诗人遭到逮捕，并被送到比萨附近一所美军的集中营。这位六十岁的诗人在那被当成重刑犯，关入夜里有探照灯照射的铁牢。庞德深恐自己在劫难逃，从《诗篇八十三》便可清楚看出：

　　　我还见得到圭德卡岛吗？
　　　还有岛前的灯火，弗斯卡里之屋(Ca' Foscari)、朱斯提尼
　　安之屋(Ca' Guistinian)，

或是被人称做戴斯德摩纳（Desdemona）的那间屋宇，

或是那两栋不再有柏树的塔楼，

或是那些泊在浮木前的小船……

埃兹拉·庞德在他牢笼的水泥地上几乎待了半年，过得生不如死。一九四五年十一月，他被送往华盛顿，出席审判叛国者的法庭。一个精神科医生团队救下诗人，让他没被送上电椅。包括圣伊丽莎白（St. Elisabeth）医院院长温弗烈德·欧弗霍瑟（Winfred Overholser）在内的四名医生，检查埃兹拉·庞德数日之久。他们最后认为庞德"精神失常，心理上无法负荷审判"。他不认为自己的广播演说叛国，反而是想借此"拯救美国宪法"。他的偏执状态让他无法参与法庭审判。这位政治错乱的诗人被安置到圣伊丽莎白疗养院十三年，直到一九五八年，七十二岁时，才被释放，"虽未痊愈，但已无危险"。

埃兹拉·庞德之后又回到他的第二故乡意大利，先和妻子多萝西住在女儿玛丽家，在南提洛的布鲁能堡（Brunnenburg）。和多萝西离异后，诗人和奥尔嘉·拉奇搬到威尼斯，在圭里尼大街度过余生。他只零星写作，几乎不再开口说话。朋友认为他处于"极度懊悔的状态中"。庞德对一位法国记者表示："我后悔犯下早年的错误，但我希望，至少为一些艺术家尽了些力。"

一九七二年十一月一日，埃兹拉·庞德过世，就在他八十七岁生日后的第二天。一艘黑色的灵船载着棺木前往圣米歇岛，这位威尼斯的情人葬在墓园的基督教区。

奥尔嘉·拉奇

——在自己这一生的博物馆中

我打电话表示要进行一场访谈，一名老妇人的声音对我解释圭里尼大街怎么走。但在我现在要按二五二号大门铜狮头咽喉中的小铃前，我又小心翼翼地重复了几句埃兹拉·庞德《乌苏拉》(*Ursula*)诗篇中的诗句。因为我读过一篇报纸文章，表示庞德的生命伴侣只让能通过一个文学测验，证明自己真对庞德作品感兴趣的访客进入。奥尔嘉·拉奇显然有太多访客，只是好奇想看看这位著名诗人的生活住处。

　　我按铃时，这栋窄房子二楼的一扇窗打了开，冒出一个满头白发的脑袋，跟着很快又消失不见，接着我就听到下楼梯的脚步声，然后门便由内打开，一名娇小的老妇人请我进去。我跨过一块竖直、固定在房门前阻挡洪水的大理石板，踏进一个小门廊，经过一间窜出浓缩咖啡香味的小厨房。

　　白发女主人为杂乱堆着木箱、纸箱和地毯的门口致歉。一名年轻的美国人刚帮她粉刷了部分的住房，木梁间的房间天花板是淡蓝色。老妇人觉得满意。"埃兹拉之前也这样想，"她说，把两个用过的杯盘清到一旁。"我刚有客人，两名美国文学系学生，"她抱歉道。"他们就这样进来，因为刚好来到威尼斯，想知道有关埃兹拉的一切。"壁炉内的木材噼啪响着，在这个朦胧的房间中添上了额外的光亮。一张长坐椅，两三张矮椅子，周围全是书，一面墙上挂着埃兹拉·庞德框起来的报纸照片。一尊亨利·高迪耶－柏切斯卡（Henri Gaudier-Brzeska）的庞德石膏胸像位于一角，从门廊立刻就能见到；另一角摆设着一对情侣雕像，也是庞德的友人高迪耶所制。庞德的信件与照片搁在书架上——奥尔嘉·拉奇住在自己这一生的私人博物馆中。

她看来不像已经九十二岁的样子，显得灵活，胸有成竹，眼神清澈，话语非常热情。几个月前，她甚至解雇掉多年的女管家。"我真的很难过，"她表示遗憾，"她非常勤奋负责，但不能这样下去，她把我所有的工作都接过去做。我慢慢觉得自己变得过于依赖。"

奥尔嘉·拉奇生于俄亥俄州杨格镇（Youngtown），很早便熟悉了欧洲。她解释说："在富裕人家中，欧洲之旅本来就算是年轻人的教育一环。"在抱持着欧洲教育理念的美国富裕人家中，也包括了音乐教育。奥尔嘉选择了小提琴，并在演奏技艺上出类拔萃，成了职业演奏家。"我虽然不是炙手可热的名人，但也相去不远——"她大笑说道，"我在楼上还有一些音乐会海报与评论——如果您想看的话。"

我们上了一层楼梯，来到一个狭小的跃层。这里也有纸箱木箱、书堆、捆绑起来的信件。一个屏风上挂着一张海报，斗大的字母标出小提琴家奥尔嘉·拉奇与美国作曲家暨钢琴家乔治·安泰（George Antheil）的音乐会。上面没有年代，但奥尔嘉·拉奇记得清清楚楚：一九二三年。这年，她在巴黎认识新婚不久的诗人埃兹拉·庞德，改变了她这位受到富贵之家呵护的女子一生。

庞德不只是一名诗人、文学评论家与编辑，也有阵子做过音乐评论家，按法兰斯瓦·维侬（François Villon）的文本写了一出歌剧。他对音乐的兴趣，促使他在巴黎和乔治·安泰走在一起，后者融入爵士元素的现代作品就连在易接受新事物的法国首都，都难以得到理解。安泰的音乐会往往引起骚动，以致作曲家都习惯在这类场合带上一把藏在他礼服枪套中的手枪，以防万一。有一次，他的音乐会在观众的抗议喊声中岌岌可危，这位常常自己诠释自己钢琴作品的艺术家，小心翼翼把手枪搁在史坦威钢琴上，让大家都看得见。从那一刻起，每个音都听得清清楚楚。"他是有点古怪，"奥尔嘉·拉奇大笑，"却是一位有才气的音乐家，埃兹拉很器重他。"

在以"莱斯沃斯（Lesbos）女教皇"之名享誉巴黎艺术家圈中的娜塔莉·巴奈（Natalie Barney）这位富有美国女人家中的一个下午茶会上，埃兹拉·庞德和奥尔嘉·拉奇更进一步认识。"他已在伦敦听过一场我的音乐会，并写了佳评，"老妇人回忆说，"不过当时我们并未交谈。——您现在想看看埃兹拉的房间吗？"

我们又登上一层楼。上头，在一个没有门的空间中，一张小桌子搁在楼梯栏杆旁，上面有几张照片；最上面的一张是庞德和奥尔嘉散步的场景。"那是在拉帕罗附近的圣安布洛乔，我在那有间屋子——您看，"她打断自己，指着自己现在穿的衣服，再指着照片上的——"是同一件。我穿了已超过二十年，现在依然合身！"她像位年轻女孩一般高兴笑着。

接着，她一下子严肃起来，或许现在等着许多每日光临的访客大概都会问的问题，他们都想知道庞德的一切，而她这位他的知心人自然都以同样的方式来回答。我照旧问着现在已变得刻板的问题，关于庞德与法西斯主义和反犹太运动的关系。因为庞德在拉帕罗做了那个后果严重的决定，为法西斯的罗马电台演说，而在美国被视为叛国与反犹太。

奥尔嘉·拉奇并未像例行公事那样应付我的问题，而是态度急切，像是希望她的话能让我相信她所坚信的事实。"相信我，事实上，埃兹拉绝不是法西斯分子，"她说，看着我，近乎恳求。"他内心深处根本不是这种人。他看错了墨索里尼——但毕竟其他人也是如此。埃兹拉只是诗人，对一切都感兴趣，总爱发表看法，不管是经济的，还是政治议题——如果您读过诗篇的话，您就会明白这点。至于反犹太人？简直是在胡说！他从未针对过犹太人，您可以去查对他的演说。他只是特别针对那些想把美国卷入战争的人！他甚至因此前往华盛顿，想和总统交换意见！只不过没被接见而已。"

跃层的电话响了起来。老妇人下了陡峭的楼梯，身手灵活，令人难以置信。热烈地交谈一会儿后，奥尔嘉·拉奇又回到楼上。"那是玛丽，我女儿，"她说。"我正等她打电话来。她的书刚出版，蒙达多利（Mondadori）出版社——她把所有的诗篇译成意大利文！真是大工程！我真高兴她竟然办到了——她可是埋首翻译好几年！"她显然对女儿玛丽·德·拉赫维兹（Mary de Rachewiltz）的成就感到骄傲，她和自己的家人住在南提洛的布鲁能堡。而奥尔嘉·拉奇也高兴，埃兹拉·庞德的另一个毕生杰作因此能在他的第二故乡意大利问世。

当诗人在圣伊丽莎白疗养院服十三年刑之际，妻子多萝西不断为其释放而奔走。艾略特和海明威等友人在旁支持，奥尔嘉·拉奇也呼吁着美国政府和大众。奥尔嘉·拉奇这期间主要担任西耶纳

（Siena）蜚声国际的音乐学院秘书，利用她的关系争取著名艺术家为埃兹拉·庞德请愿。"叛国！"这位白发小女人苦涩地笑着。"您看一下这里。"她从书架上取出一本绿色的小册子交给我。这本小书的书名：《如果这是叛国的话》（*If This Be Treason*），内有五篇文学演说，选自让庞德万劫不复的罗马广播节目。这是奥尔嘉·拉奇一九四八年出版的非政治性选集，以求庞德早日离开圣伊丽莎白疗养院。

不过奥尔嘉·拉奇和多萝西·庞德仍须再等十年。一九五八年四月十八日，这时已七十八岁的诗人终于离开疗养院。起先，三个人试着一起住在布鲁能堡。等到看来不太可能后，庞德的妻子多萝西单独回到伦敦，庞德则和奥尔嘉·拉奇前往威尼斯。

诗人的房间一反奢华与浪费，显得简陋：一张他自己由粗木板钉成的书桌；一盏在白墙上流泻出白光的日本灯笼；一张稍微加工后变成床的沙发；一个活动隔板后的梳洗角落；一个简单的衣柜，只挂着庞德的衣物；还有一堆书及一个携带型打字机。

"他想要秩序与正义，"我们下楼梯时，老妇人说。"但就算法西斯分子一直想要拉拢他，直到今天也还不放过他，他也绝不是法西斯分子。至于反犹？在他死前，他有没有犹太朋友？您等一下，我再给您看些东西。"这位九十二岁的老妇人，十五年前便开始照管庞德的遗物，从一个架子上拿出一个大笔记簿打了开来。"在这，您看。"我读着庞德手写的日记，其中一页结尾有句话："反犹是种白痴行径。"句子下方的日期为一九七一年八月七日。

（一九八七年六月）

212

鲍利斯·帕斯捷尔纳克

——吉他的星座

我出了火车站，一个海关般的乡下式样大厅，某些柔软的东西轻轻来到我的脚下，某些不怀好意黑糊糊的玩意，像是洗过东西的水，映出两三个星子。它几乎不动声色地起伏着，就像一张在晃动的框中被时间熏黑的画。我没马上明白过来，这个威尼斯的画面真的就是威尼斯，而我不是在做梦……

　　这是一位疲惫不堪的诗人夜里的大运河。一九一二年，二十二岁的鲍利斯·帕斯捷尔纳克（Boris Pasternak）从就读哲学的马堡（Marburg）来到威尼斯。他一开始的失望只持续了几分钟，跟着一艘摩托船便载着他"进入这个在下水道上漂浮的艺廊最遥远的奇迹"，经过大运河上慢慢被抛到他身后的宫殿。"大家称这为宫殿，其实也可称之为童话城堡——其实文字并无法表达出那由缤纷大理石构成的挂毯，挂在夜里的潟湖上，宛如挂在中古马上比武的竞赛场上一般。"

　　帕斯捷尔纳克一八九〇年生于莫斯科，父亲是画家与制图师，在艺术家的圈子中长大。他起先是著名作曲家亚历山大·史克里亚宾（Alexander Skrjabin）的学生，接着在莫斯科研读哲学，由于他学过德文，后来也来到马堡；最后，他完全投入诗的创作。尽管他是俄国举足轻重的诗人之一，却要等到他的小说《日瓦戈医生》出版后才扬名世界。这部小说因为以另一种方式处理俄国革命，无法在苏联出版，却在一九五七年以意大利文，一九五八年以德文刊行。

帕斯捷尔纳克身为歌德《浮士德》、克莱斯特（Kleist）《弗里德里希·冯·洪堡王子》与被他视为典范的诗人里尔克诗集的译者，颇受瞩目；为了纪念生于布拉格、周游各地而熟知俄国的诗人，帕斯捷尔纳克献上他一九三一年出版的《介绍信：自画像草稿》。这本小书也包括一段相当丰富的威尼斯速写。

在一个月光皎洁的威尼斯之夜，年轻的帕斯捷尔纳克寻觅一段时间后，在学院美术馆附近找到一家还在营业的小客栈。不修边幅的老板把一盘冷掉的煎小牛肉端上肮脏的桌布上，疲惫的年轻旅客还是狼吞虎咽吃了下去，接着他登上一道狭窄的楼梯，被带到房间，在漆黑中摸着床，倒头后，立刻入睡。

在十个小时沉沉安稳的睡眠后，他在一个阳光普照的明亮早晨醒来。童话成真，他来到威尼斯。第一天，他就已体会到那种幸福感，在威尼斯"每天都可和一个建筑幽会，就像和人会面一般"，因为"大家觉得威尼斯是个建筑在居住的城市……此外，这里数百年来都给访客以惊喜，到处有贝壳"。

年轻的诗人带着相同的热情探索着这座城市。他从他简陋的住处出发，在威尼斯四处漫游，总会不时来到圣马克广场。没多久，他便觉得，只要一来到广场附近，他的双脚便自动把他带到大广场上。当他观察英国人在登上送他们到火车站的摇船前，都会再来广场站上一会，仿佛在和人告别一般，帕斯捷尔纳克便感到一丝妒意，因为他觉得没有其他的欧洲文化会像英国那样接近意大利。

> 广场不远处，过去的舰队做着梦……像被金线缠住一般，和过去的世代纠缠不清，在张挂旗帜的桅杆下，三个曾经互相交错的辉煌世纪争先恐后着……

帕斯捷尔纳克一想到威尼斯曾经有座"船舰森林"，人们在那活动宛如在陆地上一般，便向往不已。十五世纪时，威尼斯已拥有三千五百艘商船，七万名水手与造船匠，还不包括战船："舰队便是威尼斯的真实情况，是这座城市童话的实际基础，"帕斯捷尔纳克毫不煽情地写道。"说来矛盾，船舰浮沉的吨位构成这座城市的坚实地基、地下的货栈与监狱。"

身为画家之子，加上自己以文字勾勒画面的天赋，帕斯捷尔纳克对绘画亦很敏锐。小时候，他从复制画中便已熟悉威尼斯艺术。现在来到源头，他终于可以欣赏原件。"要见过卡帕丘（Carpaccio）和贝里尼（Bellini），才能明白何谓造型，"他几年后在他的《介绍信》中写道。"要见过维洛内瑟和提香，才会了解什么是艺术。虽然我还不太懂得好好评估这些印象，但我终于看出天才并不太需要过度激动……大家必须看看威尼斯的米开朗琪罗——丁托列托，便会知道何谓天才，也就是说：何谓艺术家。"

鲍利斯·帕斯捷尔纳克在水都待得不久，大概只有几天。不过，他早期富有诗意的笔记却影响持久，后来对他在威尼斯时日的反思观察也清楚表达出"何谓艺术家"的概念。

有一晚，他在圣马可广场上经历了一场"张灯结彩"的音乐会。

广场周遭的墙面从上到下挂满了小灯。细雨突然打在听众激动的脸上；雨来得快，去得也快，但气氛整个改变。帕斯捷尔纳克写道：

> 圣马可教堂的钟楼在直达它腰际的粉红色雾气中，有如一座大理石火箭。不远处，深橄榄绿的烟雾缭绕着，大教堂的五个骨架掩映在其中，仿佛一则童话。广场的那一面看来就像一座海底王国。大教堂的门廊上，一辆来自古希腊的四驾马车金光闪闪，在这宛若面临深渊。

在他离开的前一晚，诗人被一阵吉他声吵醒，琴声却在他醒后戛然而止。帕斯捷尔纳克赶紧起身，跑向窗户，下头水声潺潺，他望着浩瀚的夜空，仿佛在那可以找到那突然歇息的乐音。"如果有别人打量着我的目光，他一定会说我在半梦半醒间探勘威尼斯上方是否出现了新的星座，我自己已有模糊的想像——一个吉他的星座。"

一九五八年十月二十三日，鲍利斯·帕斯捷尔纳克获颁诺贝尔文学奖。苏联作家协会对此表示，这个奖项是仇视苏联的"政治举动"，开除了帕斯捷尔纳克。这位诗人"考虑到他所生活的社会"，拒绝接受这个奖项。

海明威
——威尼斯之爱

"这是一个特别又难缠的城市，从一点到另一点，比猜字谜还要有趣，"厄内斯特·海明威在他的小说《渡河入林》让老上校琢磨着威尼斯的地貌。"老天，我真喜欢这座城市！他说，我很高兴，在我还是个小男孩，语言能力还不太够时，当时就曾出力捍卫过威尼斯。直到那个晴朗的冬日，我受了小伤，被送到后方时，还未见过这个城市，就在这时，我见到她从海中升起。妈的，他想，那个冬天我们在上面的关口还真坚守不懈。"

第一次世界大战之际，海明威即已知道威尼斯远近的腹地。一九一七年四月，他在意大利北部担任美国红十字会的救护车司机，在一次救援任务时伤了脚。在米兰一间他接受治疗的医院，十九岁的海明威认识了一名爱尔兰贵族，为英军的职业军官。秦克·多尔曼－史密斯（Chink Dorman-Smith）成了海明威最佳的男性典范。秦克骁勇善战，服从纪律，亦态度优雅、风趣，而且十分博学。两位男士成了好友，战后依然保持联络。秦克后来成了海明威长子的教父以及他小说中许多男性角色的典范。

上校看着酒吧窗外及门外的大运河河水。他可以见到系住摇船的黑色大木桩与傍晚落在被风拍打的水面上的冬日天光。运河另一边是那座"宫殿"，一艘木船顺着黑沉宽大的运河而上；尽管风从后方吹来，扁平的船头还是激起波浪。

"来一杯马丁尼，"上校说。"双份的。"

海明威不时会去威尼斯，只不过几乎不在夏天。对此，他有一套理论，是他在和他的传记作家哈须纳（A. E. Hotchner）共游水都时提出来的："威尼斯的石头在阳光下不起反应，"海明威说，"只有在冬天才见得到真正的威尼斯。"只有亚得里亚海冬天灰蒙的光线才能正确展露那种颜色。

海明威在日常场景中把这真正的威尼斯描写得更加立体鲜明：

> 他走过一条巷子，来到鱼市。灰绿色的大螯虾躺在市场上，仿佛已见到自己将在沸水中就死，螯虾也摊在湿滑的石头地面上或有着粗绳把手的篮子及箱子中。它们全都上当就捕，上校想着，螯爪被捆绑起来……

> 他现在打量着所有那许多甲介动物，还有其他的小美味，像甲壳锐利的帘蛤，可是要在打过伤寒疫苗后才能吃的玩意。

> 他走过这些海鲜，停下来问一位小贩他的牡蛎是哪来的。他表示全都来自没有污水的好地方，上校便挑了六个打开。

> 他喝下汁液，挑出牡蛎肉；他拿着那男人递给他的一把弯刀挑着，紧沿着牡蛎深处……

哈须纳在他的海明威传中提到两人在大运河上乘摇船的事，作家表现得像是一位当地行家一样："海明威要我注意一栋宫殿，和运河隔了一座种有许多树的花园。'拜伦爵士在这住过。这栋宫殿现在属于一名老女爵所有，我的老熟人之一。她不允许任何人睡在拜伦的床上。'他指着下一栋看来亲切的小别墅，隐身在几棵树后。'这里住着意大利的大诗人邓南遮，我的最爱之一。'当摇船最后泊在高级饭店格里逊的木桥旁时，海明威说道：'这以前是威尼斯一位重要人物的宫殿，安得烈亚·格里逊（Andrea Gritti）总督。'现在可说是全威尼斯最好的饭店——也就是说，如果想住在一个舒适豪华的环境，又不想被热心过度的饭店员工打扰的话。"

作家后来还指点他的传记作家，下次来威尼斯前，一定要读约翰·罗斯金著名的大作《威尼斯的石头》——就算里面有许多不太让人感兴趣的东西，这本书仍是最全面的引介。

一九四八年，一战后三十年，海明威想在当时战场附近一个安静之处，把他早年的当兵经历改写成一部短篇小说。托切罗（Torcello）这个偏远的岛屿似乎是个理想的地点，离威尼斯将近一个小时的船程。

"我们在万灵节❶渡过潟湖，经过制造吹玻璃的慕拉诺岛及编织之岛布拉诺（Burano），要到托切罗用餐，我们十分喜欢岛上一间客栈——是'哈利酒吧'的奇皮亚尼（Cipriani）开的，他现在还是老板——在爸爸看过房间后，便决定待在这里，那有间带壁炉的小沙龙，可以看见花园和大教堂的大玻璃门，有一间大卧室，有两张大床，还有一间漆成黄色的浴室。"玛丽·海明威（Mary Hemingway）

---

❶ 天主教的节日，万圣节隔天，十一月二日。

一九四八年冬在她的日记中如此记载。

十一月四日，海明威夫妻带着许多箱子搬进托切罗岛上奇皮亚尼客栈的漂亮小套房。两周后，玛丽离开该岛到托斯卡尼拜访朋友。有着大家长态度、喜欢被称做"爸爸"的海明威留在托切罗，等着接下来几个月的猎鸭季节和专心写作。

但在冬天的维尼先地区（Venetien），刚结第四次婚的五十岁作家却遇到料想不到的事。在和意大利友人打猎时，一个新的缪斯又再度进入他的生命中。这位黑发的威尼斯美女名叫亚德里安娜·伊凡奇（Adriana Ivancich），十九岁，来自一个古老富裕的家族。海明威立刻爱上了她。

亚德里安娜的祖先在总督时代是富有的商人。这个家族住在雷美狄欧大街（Calle de Remedio）上的一栋宫殿中，今天后人还住在这里。此外，她拥有一间大饭店，招待过英国女王维多利亚。亚德里安娜过着一段备受呵护的童年，直到第二次世界大战一夕之间摧毁了原本的平静安稳。亚德里安娜的哥哥在战场上身受重伤，许多朋友也捐躯沙场，家族部分产业亦遭美军轰炸夷为平地。一九四五年夏天，当时十五岁的亚德里安娜遭到最为沉重的打击，她的父亲某天早上在家门口被人杀害。

这位这时已经长大的威尼斯女子，头发乌黑，眼睛忧郁，举止高雅，会让显得粗野的海明威感兴趣，并不难理解。亚德里安娜起先多半把这位满脸胡子的高大男子当成父亲般的人，尤其海明威开门见山便把她叫成"女儿"。直到这位作家多次邀她打猎、坐船，到"哈利酒吧"喝东西——虽然总有相同的熟人陪同——她才明白这位举世闻名的作家、爱好打猎的男子与女人崇拜的对象爱上了她。

教养良好的亚德里安娜并未因为这位名人对她的爱慕而昏了头，她知道海明威的婚姻，反而不知所措。相反的，海明威颇受这位年轻的缪斯鼓舞，立刻开始写作他计划中的书。战争经历与猎鸭现在成了细枝末节，他心中最关切的却是一名年长男子和一位美丽年轻的女子间的爱情故事。海明威花了一年时间撰写这本书，先是在托切罗岛上，后来在古巴的家中。

小说主角是名美国上校，年约五十，爱上了一名威尼斯的年轻贵族，雷娜塔（Renata）女爵。海明威通过关于勇气、沉着、爱情、青春与年老的冗长对谈，企图清楚勾勒出这两个悬殊的角色。

不过，这部小说《渡河入林》一九五〇年九月在美国出版后，并未引起大的反响。美国与欧洲评论家都认为这是海明威最差的作品，表示角色陈腐，对话亦然，剧情贫乏。

十年前，他的小说《战地钟声》走红文坛，新作品的负面评价令海明威十分沮丧。此外，想到伤害了亚德里安娜，更令他困扰。他四处旅行，深感不安，并从一封她寄来的信中得知，半个威尼斯都在议论她这桩"绯闻"。年轻女爵这个角色，亚德里安娜可以轻易对号就座。

海明威回到古巴后，依然和亚德里安娜维持着朋友关系。他妻子玛丽大可放心自己的婚姻并未真的触礁，因为亚德里安娜在一次交心的谈话中向她保证，完全不可能和这位年长许多的男人谈情说爱。海明威的小说人物只是愿望投射下的幻想产物。

不过，作为小说情节背景的外在环境，却是真实的，而且一模一样：大运河旁拜伦爵士、罗伯特·布朗宁或邓南遮住过的宫殿，依然屹立在原来的位置。里亚多桥旁的鱼市，依然像海明威那个时代一样缤纷湿滑。格里逊饭店依旧是威尼斯的高级饭店。海明威偏爱的酒吧，尽管价格飙涨，仍受喜爱：

坎特威尔（Cantwell）上校出了格里逊饭店大门，走入这天最后的阳光中。广场的对面还有阳光，但船夫找地方躲着冷风，宁可避在格里逊饭店下闲晃，也不愿在广场受风的那一面享受最后一抹温暖的阳光……

当他走下桥的另一端，便见到两个面容姣好的女孩。她们动人可爱，没戴帽子，穷兮兮的样子，却穿着入时，说话跟连珠炮似的，当她们踩着自己修长的威尼斯脚，大步走上桥时，风吹起了她们的头发。上校对自己说：我最好别在这条接上东张西望。走下一道桥，过了两个小区，你在猛地右转，一路直走去哈利那。他就这样做……踩着老步伐，只匆匆看着经过他身边的人。当他顶着风，深呼吸时，他想着，空气中的氧可真不少。

他跟着拉开哈利酒吧的门，进到店里，他又再次办到，回到了家。

托切罗

——最私密的海明威

计程船从潟湖减速转进一条狭窄的运河，驶了一小段后，便停靠在奇皮亚尼客栈前。在这间岛上小客栈门前等我的达里欧（Dario）先生，带我走过矮小的门厅，上了一道铺着地毯的木梯，穿过一条照明柔和的狭窄走廊，来到楼上我的客房。客栈的接待主任达里欧，数十年前便已在这里工作。他见过许多名人来来去去：伊丽莎白女王二世与菲利普亲王、黛安娜王妃和查尔斯王子、季斯卡总统（Valéry Giscard d'Estaing）和其他在这住过的名人显贵。

　　厄内斯特·海明威也待过这里，就在第二次世界大战后的第三年。他在这住了整个冬天，写作，喝酒。"他是个仪表堂堂的男人，"当时是位年轻侍者达里欧回忆着。"他和妻子一起来这，但她很快又离开，因为不想打扰他写作。——我们基本上维持着他那时的房间布置。"他帮我打开写着"圣弗斯卡"（S. Fosca）的门时保证到。

　　一间大卧室，两张简单的床，旁边有两个床头柜。两床间条宽大的通道，通向一个小客厅与工作间。阳台门边有张小巧的写字桌搁在一角，壁炉前有两个白色沙发椅。这个家居式房间中央的小桌上，一束花插在一个绿色慕拉诺玻璃制成的大腹花瓶中。在海明威床上过了梦幻般的一夜后，我隔天早上便明白这个小套房为什么

228

叫做"圣弗斯卡"：因为从这可以越过奇皮亚尼客栈的花园看到圣弗斯卡老教堂。

在托切罗这威尼斯潟湖中的宁静小岛上，数十年来并无任何改变，除了在这不断开张的几个花园酒馆外，甚至可说数百年来没有变化。不过，全世界美食家的主要目标便是"奇皮亚尼客栈"。

搭乘一般公共汽船从威尼斯前来的人，由于回程要等候很久，往往被迫来趟最为令人印象深刻的漫步，印象深刻不是因为在那可以见到的东西，还因为那里见不到的东西。因为托切罗今天只有数十位居民在这耕作捕鱼，但千年以前却是一座强大的贸易城市，密布着屋舍、教堂、修院和宫殿，比威尼斯还要富有，更具影响力。但在十四世纪及十五世纪间，人口萎缩，原因至今不明。有人归咎于当时肆虐岛屿的可怕自然灾害，其他人认为沼泽地带的蚊群散播疟疾，扼杀并驱走住民。威尼斯后来从空置颓圮的宫殿搬走搭建他们自己华丽建筑所需的珍贵建材。

从前停靠战船与商船之处，今天的公共汽船十二号在这上下游客与威尼斯的学子。一条介于圈围起来的菜园和小运河间的小路，从停靠站歪斜的老木屋通往黄金岁月时的最后见证：两栋低矮的宫殿，其中一间是岛上博物馆，还有两座古老的教堂。其中一座，圣母玛丽亚升天大教堂（Santa Maria Assunta）在公元六九三年便已奠基，公元八六四年重建，后来又再大肆更动。今天的建筑样式是在九世纪至十一世纪间建成。圣母玛丽亚升天大教堂是潟湖中最老的教堂，以其展示圣母与十二门徒的拜占庭式镶嵌作品闻名于世。另一座教堂，圣弗斯卡建于十二世纪，供奉拉文纳的一名殉教女子。这些老建筑围绕着的小广场上，现在长着杂草。三只猫慵懒地躺在

229

秋日的阳光下，蝾螈无声无息地爬过断垣残壁。

公元四五二年，蛮族侵入维尼先的海岸地带。他们占领并焚毁阿奎勒亚（Aquileja）。亚提奴（Altinum）和其他地方的住民为了躲避匈奴王阿提拉（Attila）的大军，在海岸附近找到一个安全的落脚处，在五至七世纪于托切罗安顿下来。公元六三八年，主教把大教堂与圣物从濒临险境的亚提奴移至托切罗。

约翰·罗斯金在他的《威尼斯的石头》中给了该岛的访客理由充分的建议，在落日时分登上钟楼，欣赏绵延到"这片大海沼泽野生荒地"外的风光，那是罗斯金对这潟湖的称呼。如果面向东北的话，可以在地平线见到山峦；而在东边，可以辨识出亚德里亚海。"之后，远眺南方，"这位英国作家建议。

在潟湖宽阔的支流那一端，汇流处深沉的大海中冒出许多塔楼，散落在密集的官殿之间，色调阴暗，一道不规则的长线条搅乱了南方的天空。

母与女——你见到她们俩都寡居着——托切罗与威尼斯。

一千三百年前，这片灰蒙的沼泽地带正是今天这幅模样，紫色的山峦一样在傍晚的远方绽放光芒。但在地平线处，奇特的火光和落日的光线混合一起，人类哀怨的声音掺进了沙滩上波浪呢喃的涟漪。火焰从亚提奴的废墟中窜起，哀怨的声音来自那里的人群，他们就像过去的以色列在大海的小径上躲避着刀剑。

牲畜在他们所离开的城市所在吃草休憩。今天破晓时，他们建起的城市大路上，已无镰刀的踪影，一捆捆柔软的草现在在夜里的空气中散发出香味，是唯一在弥漫在他们礼拜上帝的神殿中的香气。我们下到了那块小小的草地。

约翰·罗斯金之后百年，在钟楼上见到的风光几乎还是一模一样——除了几家罗斯金做梦也想不到的新餐馆；但他年轻的妻子艾菲却一定会想品尝的。在温暖的十月太阳下，我在中午时分踏入"奇皮亚尼客栈"餐厅花园中宽大的石子路。因为，不只古老建筑艺术的遗迹让托切罗令人怀念，其厨艺也吸引许多游客来到这座潟湖小岛上。知道在这个远近驰名的客栈中可以吃得相当实惠，令人开心，我找了一张少数还空着的小桌坐了下来，后方是有着绿色百叶窗的低矮农家，前面是那两座老教堂，周遭是花坛和菜圃，还有许多心情愉快、大半来自外国的客人与一群手脚灵活、轻松自在的侍者，轻快的步伐在石子地上发出柔和的嚓嚓声。花园中央还有一个古老的汲水井，海明威当时曾和他的朋友仇塞波·奇皮亚尼（Guiseppe Cipriani）在前面照过相。我自然点了一份马丁尼，看着面前的老照片。

二十世纪三〇年代，仇塞波·奇皮亚尼是"哈利酒吧"既成功又谦虚的开店老板，他常常乘着他的划舟经过托切罗，沉迷于这个近乎荒凉的岛屿的那份幽静。尽管奇皮亚尼当时还不算富有，却已下定决心，有天要在托切罗开家乡村客栈，而不管其他人把他当成疯子。

说来也巧，一九三八年，托切罗一间半塌的小馆子准备廉价出售。奇皮亚尼立刻买下。他对房子里外稍事修整一番，由于岛上还没有电，便弄来一套应急的电力装置，雇了一对娴熟料理鱼鲜的夫妻帮厨。由于奇皮亚尼在"哈利酒吧"担任厨子与调酒师的大名远播，不久后，第一批客人便搭乘摩托船来到这个新开张的美味之岛。

要是与世无争的奇皮亚尼认为可以在这个田园般的荒岛上，安然无恙挨过法西斯时代的话，那他就错了。"奇皮亚尼客栈"不只是找寻浪漫荒僻之处的小情侣热于前来的会面地点，也吸引了像约瑟夫·戈培尔（Joseph Goebbels）这样的政治人物。一九四二年夏天，纳粹的宣传部部长在这和意大利法西斯分子举行秘密会谈；奇皮亚尼只能怒不出声。

第二次世界大战后，客栈又再接待令人愉快的客人，他们在客栈的六个小房间中过夜，在花园中快乐享用着威尼斯菜。但今天在这最常被谈及的客人，便是厄内斯特·海明威。一九四八年十一月，那对夫妻住进客栈。海明威立刻考察了附近的环境，满意地表示这个几乎荒无人烟的地区相当适合打猎和渔钓。

他妻子玛丽离开后，海明威立刻投入工作。每当他一早解决掉十几只沼泽中的鸟禽后，他便盥洗一番，兴高采烈享用着奇皮亚尼为他准备的丰富中餐。有时饭后可以见到他在零度的气温下，在户外和当地人打拳。但每晚十点左右，他就回到房间写作，这点达里欧先生还记得清清楚楚。写作时，作家一般会点好几瓶"阿玛弘"（Amarone），那是一种浓烈的维内托地区（Veneto）红酒。一晚上，他会喝到涓滴不剩——至于多少瓶，达里欧先生就记不清楚了。

幽静的托切罗岛上，大部分的样貌大概和厄内斯特·海明威数十年前离开时差不多。我一打开他楼上套房中绿色的阳台门时，缤纷的花圃、一簇簇的色拉叶和紫红色的石榴便从花园迎面扑来，两座老教堂隐身树后，不动如山。草地和岛上少数住民耕种的田野，在右侧蔓延开来。潟湖的水在那后面闪烁着，而一群鸭刚从那嘎嘎飞起。吓飞它们的不是猎人，只是一扇无意间关上的窗子。

在房间老壁炉的书架上，这位在这住过、写过与饮过酒的作家的一部作品也搁在许多其他作家的书中。那是一本关于斗牛的专著：《午后之死》。

圣米歇岛

——威尼斯的流动墓园

越过水面，从新河岸（Fondamenta Nuova）的码头已可见到教堂与祈祷堂的白墙、赭色的墓园围墙及后头亡魂之岛圣米歇高耸的树。

要是在十一月初搭一小段船过去，或许在万圣节，而初冬还有热力的太阳让潟湖荡漾的波涛闪闪发光，让渡船上威尼斯老妇人的菊花束绽放光彩，于是在船靠妥，穿过十字回廊后，会有一些小小的惊喜。

因为威尼斯的"流动墓园"在这依然明亮的日子中，根本不像一个伤心的地方。穿着黑服的女子话声热切、无拘无束，男人从容的脚步在石子地上嚓嚓出声，那份摆弄着小铲子、钩子、浇花壶和花束的忙碌，看来倒像是大型的亲朋聚会，而不是上坟扫墓。只有神父来到墓前，双手并合，低头致意，跟着匆匆画十字，微笑地收下一份暗中递来的谢礼那一刻，才安静下来一会。蜡烛的小火焰在缤纷的花束旁无声地飘忽不定。刺眼的阳光不时穿透树丛，落在石子路和白色的墓碑上，明亮晃眼，让人宁可暂时躲到巷子的阴影下或教堂中去。

这座一四六九年毛洛·寇杜西（Mauro Codussi）所建、有着严谨的古典正面的文艺复兴教堂，入口处一块光滑的墓碑便已立刻令人想起威尼斯的一位大人物：保罗·沙皮（Paolo Sarpi），一名服侍修会的僧侣，被视为现代派信徒的保护圣人。一五七九年，二十七岁的他被选为该修会威尼斯省区的大主持。他集神学家、自然科学家、史学家、信念坚定的人文主义者与虔诚的天主教徒于一身。"我从不敢否认任何东西，因为那绝不可能，"他有次写道，"因为我很清楚自然与上帝的造物无止无尽。"他的一个被当成威尼斯谚语而流存下来的看法，更加有名："我从不说谎，但我不会对每个人说实话。"

保罗·沙皮的毕生事业，和他的勇气一样，同样让人印象深刻。被当代人称为保罗修士的他，写下权威性的特伦特（Trient）宗教会议史，帮伽利略（Galileo Galilei）建造望远镜，并在他的论文《论人类知识》中，先行提出了约翰·洛克（John Locke）的哲学认识。但沙皮亦敢向梵蒂冈指出，其领土要求和教会的神职任务矛盾，结果便是和教皇的罗马教廷冲突。一六〇六年，当威尼斯被逐出教会时，威尼斯议会向保罗修士求援。他呼吁抵抗，并出版一份文告，反对教会介入政治。企图将教皇统治地位凌驾世俗统治者之上的教皇保罗五世，最后不得不退让，却永不原谅保罗·沙皮造成的沉重打击。一晚，刺客在圣弗斯卡桥上攻击他，把他刺倒在地，不过沙皮挨过一劫。圣弗斯卡广场（Campo Santa Fosca）上的一个纪念碑，便在纪念这桩阴险的袭击。

再回到外头参观这座明亮墓园的访客中，很快便会注意到一些指示牌，标示出通往威尼斯著名客人的墓地：埃兹拉·庞德、伊果·史特拉文斯基（Igor Strawinsky）、塞尔盖伊·狄亚基列夫（Sergej Diaghilew）。一九七一年在纽约去世的史特拉文斯基热爱水都，想葬在这里。二十年前，他的歌剧《浪子的一生》在威尼斯凤凰剧院首演，引起轰动，获得成功。这位音乐家被葬在墓园希腊区一块朴实的白色墓碑下，妻子则安息在他身旁的墓地。两人不远处，立着他俄国同乡塞尔盖伊·狄亚基列夫的墓碑。他和狄亚基列夫一起完成了芭蕾舞作品《火鸟》（*The Firebird*）与《木偶》（*Pétrouchka*）。在这位狂野的二十世纪二〇年代"俄国芭蕾学派"传奇创始人狄亚基列夫下葬之际，有个戏剧性的告别场面：狄亚基列夫的伴侣与芭蕾明星塞尔盖·利法尔（Serge Lifar），随着他的朋友与老师跳入墓中——这个轰动的画面立刻就有些人跟着模仿。

美国诗人埃兹拉·庞德在威尼斯的最后日子，并不惊人轰动，而是完全默不作声。庞德死于一九七二年十一月一日，在他八十七岁生日后两天。他位于墓园基督教区的墓，只有一块简单的墓碑和一株小月桂树。

（一九九六年十一月）

桥上的相遇

我想从学院桥上拍张照片，或许已是从这个角度所拍的第数百万张，或许也早有明信片：两旁宫殿间忙碌的船来船往，大运河在数百公尺外略向左弯，跟着一切便从眼前消失——我想在自己的底片上留下居高临下所见的这一切，帮助自己记住这个和贝里尼一张画上类似的场景。

　　桥上行人上下楼梯，摩肩接踵，许多拿着相机靠在桥栏杆上守候的观光客，有着和我一样的打算。我不理会这种可笑的情况，没等着栏杆旁有位置空出，便拿起相机在桥上站立的人群间找着理想的运河风光。不过，没看到河水，我却意外地见到一个留着军人般雪白短发的大脑勺。

　　我喜欢这个在蓝天背景衬托下漂亮的白色脑袋，觉得是个独特的题材，正想按下快门时——这个脑袋便动了起来，男人转向我，我突然在镜头中见到一张我认识，却未亲眼目睹过的老人的脸。我放下相机，感到难以置信，吃惊地问道："您不是恩斯特·荣格❶吗？！"这个男人，矮小、身体笔直，有对灰蓝色、略显混浊的老人眼睛，感到

---

❶ 恩斯特·荣格（Ernst Jünger, 1895—1998），德国二十世纪富有争议的作家。

开心。"是，是。"他笑着，似乎诧异我认出他来。在我还不知道是不是，或该不该简短问候一番之际，他就主动问我："您呢？您在这做什么？"

他单刀直入的问题听来似乎真想知道我在这里干什么；不然的话，他大可说完爽朗的"是，是"就算了。由于我几周前就在构思一部小说，想把威尼斯当成情节的起点，便说了一点我的想法。他专心地追问着，而我勾勒出我已能掌握到的大纲。"您已有了开头了吗？"他还是想知道。我说，我大概会后来才写，现在先处理三个主角之间的关系。他觉得可以理解，不过他对开头还是念念不忘。"开头往往特别难，"他表示。"您读过《布瓦尔与佩库歇》吗？"我读过许多福楼拜（Flaubert）的小说，但《布瓦尔与佩库歇》只闻其名。"那有个有趣的开头，"他说。"两个不满自己生活的男人，从不同方向来到一个小公园，坐在同一个长椅，开始交谈。很像我们现在这个样子：两个男人在桥上相遇，说不定这可以当成您的开头？"我们俩大笑，我还说我会考虑看看，而这时我才注意到恩斯特·荣格不是单独一人。在拥挤的人群中，我没注意他太太站在他身后，他叫她"小牛"，我是从他日记中得知这点。她拉了拉他的袖子，提醒他："学院美术馆十分钟后就要关了。"我懂得这个暗示，便道了别。"您怎么称呼？"他问。我告诉他我的名字，他重复念着。"祝您小说成功！"他还说道，跟着两人便消失在桥上的熙来攘往中。

我后来在荣格的回忆录中，读到这位八十七岁的作家这次威尼斯之旅的经历。他和他妻子住在夏逢尼海岸的加布耶里－山德维斯（Gabrielli-Sandwirth）饭店。在参观完学院美术馆后，他走过圣马可广场，注意到那里的鸽子有不同的色泽，然后回到饭店，向门房要三三三号房的钥匙。

那个男的看着我，感到奇怪。我心不在焉，脑海里还是美术馆的那些画。电梯在大厅的另一头，我也不觉得有什么不对劲，还以为有好几台电梯。房间也变了——一定有新客人住进来。行李箱半开着，珠宝首饰搁在桌上。我说不定走错楼层——我最好再下楼去，从外头察看一下窗户。小心起见，我把钥匙又交了回去。来到外头，我才发现自己进的不是加布耶里饭店，而是丹尼艾里。

荣格前一天和妻子去了托切罗岛。十月底的天气还很热，蝾螈在墙上游走。"一定还值得来猎一趟鸭，就像海明威那时候一样；我们见到带着木头诱鸟的猎人，"恩斯特·荣格写道。在这对夫妻参观完大教堂内的镶嵌画后，便在"奇皮亚尼客栈"的花园用早餐。"淡蓝色的天空；金黄色的叶中绽放着石榴，"荣格描绘着晚秋的景象。搭乘公共汽船回去时，他注意到一对意大利夫妻。荣格讶异男人脸上"那种少见的果敢与善良——让人相当信赖。旁边是他妻子。他可说是司汤达的梦想，不是让人一见倾心，而是一种温婉的结晶。"

十一月一日，既是万圣节，又是埃兹拉·庞德十周年祭日，荣格单独前往圣米歇墓园，希望得到些他或许还可添入自己《阿拉丁问题》一书书稿中的灵感。

在临水的墙后，他在散置的花圈中发现一朵金属制的红丁香。他觉得这朵丁香很合适，想到："我可以带给埃兹拉·庞德。"他于是前往墓园的基督教徒区，但却找不到庞德的墓。"我找了好久，也问了两名警察，但没结果。最后我想到察看脸孔：谁会像是喜欢诗的人？我很快就找到一位：一名白胡子的希腊人，让我想起泰奥多·多布勒❶。他静静地领着我到墓前后，立刻便离开。一块简单的大理石碑，不比小学生的书桌大多少，上头刻着：埃兹拉·庞德。上头搁着日常的花，也燃着三根安魂蜡烛。这样，便补上了他死前不久，我在阿姆里斯维尔（Amriswil）❷错过的会面。"

（一九八二年十月三十一日）

---

❶ 泰奥多·多布勒（Theodor Däubler，1876—1934），德国作家及诗人。
❷ 位于德国与瑞士边界波登湖（Bodensee）旁的瑞士小城。

布罗斯基
——与威尼斯的秘密恋曲

又过了一段岁月，当时一美元兑八百七十里拉，而我三十二岁。当时的地球少了二十亿人，而我在那个寒冷的十二月夜里抵达的火车站酒吧，空无一人。我站在那等着这城里我唯一认识的人来接我。她迟了相当久……

除了吧台后那个打着哈欠的男人和收款机旁一动不动、活像活佛的妇人外，没有其他人影。我们谁也讨不到谁的好处：他们的语言，我唯一有的已经交出去了，"浓缩咖啡"（espresso）一词，我用了两次……

约瑟夫·布罗斯基（Joseph Brodsky）在第一次造访威尼斯时，便勾勒出略显失落的自己，仿佛爱德华·霍普（Edward Hopper）夜里的酒吧人物。尽管他疲倦不堪，神智却相当清醒。他看着车站大钟的指针位置，核对着时刻表，盯着脚下"大理石的纹路"，闻着刺鼻的氨酸味，吸入"火车头铸铁在寒冷冬夜散发出的那种迟钝的味道"。跟着他毫不犹豫背起自己的旅行袋，走进夜色里。

年轻的布罗斯基曾经梦想过，如果当时可以离开俄国，他会先到威尼斯，在某一栋宫殿一楼租一间房，这样船只经过翻起的波浪便会拍打着他的窗户。"异议分子"约瑟夫·布罗斯基一九四〇年生于靠海的城市圣彼得堡，是第一位被苏联取消国籍的作家。不像其他苏联作家，他从未回去苏联。他未来的住所在纽约，但他每个冬天都前往他的梦中城市威尼斯，达十七次。一九八九年，在他获颁诺贝尔文学奖两年后，布罗斯基借用一条威尼斯的街名，出版了一本意大利文书名的小书：《无救者的河岸》（*Fondamenta degli Incurabili*）。

这本小说以四十八幅简洁的文字图像歌颂着威尼斯，生动展示出一座城市让人梦寐以求的图像如何转化成近在咫尺的真实，被人逐渐占有。

布罗斯基第一次来威尼斯时，是个起风的夜，站在车站阶梯上，还无法察觉任何事物前，他便涌出一股强烈的幸福感：一股味道突然窜进他的鼻子，在他看来，那一直是幸福的同义词——冻结的海藻的味道。在脑海中，他马上百般不愿承认这是愉快的童年回忆。他在书中表示，童年很少是愉快的，那是一段自我厌恶与不安的教育；至于他成长的波罗的海，那就得像条鳗鱼一样，才能摆脱这个水域污秽之处。他认为这种幸福感的源头多半脱离了个体经验，源自远古时代"我们远祖视下丘某处其他的记忆旁"。

他在车站阶梯上站着等候时，见到下面水上一艘大型的平底船，"一个沙丁鱼罐头与三明治的杂种"从黑暗中浮现，沉沉一声撞上码头的浮桥。几个人上了岸，匆匆走过他身旁，上了通往车站的阶梯。"然后我见到我在这座城里唯一认识的人：一名让人眼睛一亮的美女。"

几年前，他在俄国第一次见到这位美女。她是斯拉夫文学学者，研究俄国革命时期驰名世界、在一九三〇年自杀的诗人弗拉基米尔·马雅可夫斯基（Wladimir Majakowski）。从布罗斯基令人屏息的描述中，可以轻易看出这位年轻的女子在特别敏感的文人圈中相当轰动："她身高一百八十公分，体态苗条，双腿修长，脸庞瘦削，头发栗褐，一对杏仁眼，美丽的嘴中说着不错的俄语，还挂着灿烂的微笑，穿着轻盈的丝绒与搭配得宜的丝袜，精巧出色，散发着莫名的香水味，迷醉动人，轻而易举便成了我们圈中令人神往的高雅女子。她让所有已婚男子暗自遐想，而且还是威尼斯人。"

几年后，布罗斯基这时站在这位意中人身旁威尼斯公共汽船拥挤的甲板上，为了要打开话题，便问她对诗人尤金尼欧·蒙塔勒（Eugenio Montale）最新作品的看法。"我得到的答案，却是她珍珠般的眼睛眨动时的熟悉光芒，二十八次，在她棕褐色瞳孔周围绽放，一路延伸到上方银河散落的银光，这可不少……"

但这还不够。因为，要是这位单独旅行的诗人以为在这座水上的陌生城市，可以接续一段当时在圣彼得堡没有结果的情缘，那他就误会了。在快下船前，这位围着海狸皮毛的美女压低声音悄悄告诉她的俄国朋友，隔几天很乐意为他介绍一下她先生。

在她为他订好的"学院"民宿房间中，他盯着家具看了一会，跟着明白，他再也无法接近到他的美女。

布罗斯基所谓的与威尼斯的秘密恋曲，事实上在一九六六年即已开始，当时他二十六岁。一位朋友当时借给他俄国诗人米夏·库斯明（Michail Kusmin）所译的法国作家亨利·德·雷吉尼耶（Henri de Régnier）的三本小说。布罗斯基忘了小说书名，但记得内容结合了流浪汉小说与侦探故事，其中一本的场景为冬天的威尼斯。书中个别篇章简短，节奏紧凑，以致一个人忐忑不安在深夜行走的潮湿、寒冷、狭窄的街道，跃入读者眼前，几乎伸手可及。

布罗斯基仿佛见过雷吉尼耶书中的威尼斯——"就像在更棒的历史场景中的圣彼得堡，至于纬度，那更别提了"。年轻的布罗斯基在这位法国作家的小说中学到叙事文学最重要的一课，也就是"不是故事构成小说，而是什么接着什么。不知不觉，这个原则便让我联想起威尼斯"。

因为意外的发现或朋友带来的小礼物，布罗斯基有天亲眼瞧瞧这座城市的愿望更形强烈：一本旧《生活》（*Life*）杂志中圣马可广场的彩色雪景照片；她祖母在革命前蜜月时从威尼斯带回来的明信片册；一小块上头绣着总督府的廉价挂毯；以及布罗斯基父亲出差中国时所买的铜制小摇船。最后，布罗斯基还被他的朋友邀去观赏一部走私进来、半官方性质播放、威斯康提（Visconti）所拍摄的黑白影片《威尼斯之死》。

"我逐渐发觉这座城市不知如何挤进我心中，"作家回忆着。"她是黑白的，属于某种出自文学的东西，或被冬天笼罩……"

约瑟夫·布罗斯基观察着水都的容颜十七个冬天之久；接着把威尼斯画在一本高度浓缩的轻薄小书中，并加上自己的投射。他也勾勒着其他的人，例如那一名老妇人：

一九七七年十一月的一个下午，苏珊·桑塔格（Susan Sontag）打电话到他住的隆德拉饭店（Hotel Londra）。她亦被邀请参加双年展，下榻于格里逊饭店。"约瑟夫，"她说，"我今天在广场上意外见到奥尔嘉·拉奇。你认识她吗？""不认识。你是指——庞德的女人？""是的，"苏珊说，"她邀请我今晚过去。我怕一个人去。如果你没其他事，可不可以一起来？"

　　布罗斯基没事，于是答应。年轻时，他译过几首埃兹拉·庞德的诗。"我喜欢他学生时代的清新与严谨的诗句，喜欢他多样的题材与风格，以及当时我无法企及的大量文化参照，"他在他的威尼斯之书中解释到。"至于他在圣伊丽莎白的惨况，对俄国人来说，并不值得大惊小怪，都比他战争时的广播演说可能在其他地方带来的一丝丝沉重要好多了……我这样想，应该把他的诗和他的演说合并出版，没有任何深奥的引言，会比较公平，然后等着看会发生什么事……我也觉得，承认你搞砸你这一生，要比坚持是位受到迫害的天才，更有男子气概——想想看那些法西斯的举手问候礼，后来对这手势含意的否认，那些有所保留的访问及披着披肩、拿着手杖的智者模样谈吐，看来就跟海尔·塞拉西❶一样。我的一些朋友仍相当看重他，而现在我得见他的老妻。"

　　在多索都罗区四处乱走一会儿后，他们找到那间屋子，离亨利·德·雷吉尼二十世纪初所住之处不远。他们按了铃，布罗斯基在那矮小的老妇人身后，最先见到客厅地板上高迪耶－柏切斯卡为诗人所制的胸像。"我们一下就感到无聊至极，"布罗斯基难受地呻吟着。从下述尖刻的描述中，便可清楚知道他呻吟的原因。

　　"茶端了上来，但我们才喝了第一口，女主人——一位灰发、娇小、完美的女人，还有好多年的日子等着她——便举起尖尖的手指，在一个隐形的金属沟槽中滑动，而她撅起的嘴唇冒出一段至少从一九四五年起便为大众所熟悉的咏叹调……"——说的不外埃兹

---

❶ 海尔·塞拉西（Haile Selassie，1930—1974年在位），埃塞俄比亚近代最受争议的国王。

拉·庞德不是法西斯分子，她曾担心美国人会把埃兹拉送上电椅，埃兹拉每个月才从拉帕罗去罗马两次。

"一张唱片，"布罗斯基心想，"她主人的声音。表现得体，不要打断这位女士。这简直在胡说，但她却坚信不移。——我窝进我的靠背沙发椅中，试着专注在饼干上，因为没有晚餐。"

苏珊·桑塔格听来相当急切的声音，把他从他暂时的失神状态中唤醒："奥尔嘉，您该不会真的以为美国人是因为广播演说而针对埃兹拉的吧……"奥尔嘉·拉奇有点迷糊，因为庞德的确因为叛国嫌疑而在比萨入狱，之后在华盛顿受审的："那会是什么？""是埃兹拉的反犹态度，"苏珊·桑塔格说。跟着布罗斯基又见到老妇人的手指在那多次播放的唱片的沟槽中滑动。两位访客不想再听下去，便礼貌地告辞。

约瑟夫·布罗斯基只在冬天来威尼斯，这个季节他最熟悉："在冬夜，东风翻搅下的大海填满了每条运河，就像满到边缘的浴缸一样，有的甚至还溢出。没有人从地下室跑出来大叫：'水管！'因为没有地下室。整座城市淹到脚踝……朝圣客的鞋子涉过水后，便在饭店房间的暖气上烘干；当地人翻箱倒柜找出自己的橡皮靴。广播中有人说道'洪水'，百业萧条……"

布罗斯基喜爱这个季节，让他想到圣彼得堡的冬天与他年轻时来威尼斯见一次翻腾的运河河水拍打自己窗户的梦。当时，他大概没听过威尼斯有时伴随着冬天的雾——那么讳深浓密，只有约瑟夫·布罗斯基这位诗人才能看见：

　　　　雾浓、看不透，且静止不动。不过后者有个好处，如果

251

你要临时出去买东西，就说买一包香烟，你会找得到路回来，而且是从你的身体在雾中挖出的隧道回来……

爱上威尼斯的诗人约瑟夫·布罗斯基，在纽约的一个冬日过世，那是一九九六年一月二十八日。他先葬在曼哈顿第一五三街的一座墓园，几周后移至圣米歇墓园。他安息在他的同乡伊果·史特拉文斯基与塞尔盖伊·狄亚基列夫附近，紧邻奥尔嘉·拉奇和埃兹拉·庞德。

朵娜·里昂

——犯罪小说和斗殴

我们约在康纳雷乔区的一间小馆子前。店里座无虚席，我们便坐在外面的一张桌子旁。十月的傍晚还有暖意，但一条小运河上，吹来一阵湿冷的微风，朵娜·里昂（Donna Leon）在肩上披了一件深蓝色的夹克。"先来一杯水就好。"她对侍者说。

　　这个城区未被观光客占领，但仍接近圣马可广场与钟楼，这位侦探小说女作家从她住处的房间窗户就可看见。街灯在围绕着广场的宫殿与一般住屋斑驳的墙上，投射出粉红色的明信片般光彩。

　　十七年前，朵娜·里昂便已住在威尼斯。然而，尽管她的犯罪小说场景全都在水都中，这位女作家至今在这依然不太出名。她的书被译成许多语言，但仍无法以意大利文来阅读。这是这位女作家自己导致的。她很珍惜自己在威尼斯的默默无名。在她邻居眼中，她是"美国的女博士"，在威尼斯外某个地方教英美文学——事实上也是如此。由于担心城里的人可能对几乎真实地揭发他们那并不是一直都很正派的社会感到不满，布鲁内提（Brunetti）警官于是以许多语言办案，但就是没用意大利语。

　　这位敏感的犯罪督察在仔细调查威尼斯上下层社会时所发现到的，往往就像潟湖的湖水一般混浊。布鲁内提的案子发生在妓女与男妓出没的地区，在经济罪犯的势力范围，或往往只是显得高贵的文化圈子中。这位热爱音乐的女作家便把她的第一本犯罪小说《凤凰奇案》(*Death at La Fenice*)，安插在著名的凤凰剧院，一名不受欢迎的德国明星指挥家在这离奇死亡。众所周知，这座凤凰剧院这期间也离奇被焚毁。

威尼斯的文化气氛是这位美国人在这定居的原因。她去美国，只是造访亲友。"我是在另一个美国长大的，"她说。"我三十年前在那念书时，美国还不像今天这样漫不经心、粗野与肤浅。当时还有真正的政治讨论，大家还读着讲究的书籍，更别提电视节目和音乐广播。"

音乐是继文学后，朵娜·里昂的最爱，说不定还位居第一位，她自己也还弄不清楚。莫扎特，尤其是亨德尔，是她最喜欢的音乐家。为了听一场亨德尔的歌剧，她会飞到世界尽头，这她付得起，但为什么是亨德尔？我问她。"我想那和幸福感有关，"她说。"亨德尔的音乐就是让我感到幸福！只需要听上几分钟，就会感觉到这点。亨德尔自己是个幸福的人。甚至在他严肃或悲伤的作品中，也总有着幸福的时刻。我自己也喜欢生活尽可能过得幸福。亨德尔就是这样——毫无例外！"她侃侃而谈。她仿佛无意间泄露自己的内心似的，开玩笑般举起自己的杯子说道："祝一切和谐！"

她自己的生活至今看来过得十分幸福。身为爱尔兰人与西班牙人的后裔，她在一九四二年生于新泽西 (New Jersey)，在一个美国中产阶级家庭长大，受到良好照顾。家里从未有过真的严重的问题，她说："我们是下凡成真的美国梦。"她表示，她以前认为生活事实上可以这样一直进行下去。她一直没有什么特别的抱负，因此也没有特定想从事何种职业。她从未梦想过要飞黄腾达。"少女时，我想像我的未来就是整天看书和听音乐。"

朵娜·里昂这时的观念已经改变，知道多数的女孩今天的想法不同。"但我是在一九四二年生，"她说，"五〇年代时，我那一代几乎不用担心未来的职业。我们虽然是在工作有一定价值，工作有用和正当的价值下长大，但同时也知道，我们在战争与经济危机后，会比父母活得更加轻松。我们觉得全世界为我们敞开着，我们只需下手去拿我们想要的东西。"

朵娜·里昂出于好奇，对生活下了手。完成了文学课程，交出了关于简·奥斯汀（Jane Austen）的博士论文后，她离开了家乡新泽西，彻底走访了其他的世界。只要有任何一到两年的工作，可以去到某个美丽的地方，在那生活，她都愿意接受。她于是到不同的国家找工作，在罗马做过导游，在伦敦担任过广告文案，在瑞士的美国学校教书，甚至也去过伊朗、中国与沙特阿拉伯。"真是可怕的一年！"对最后停留的地方，她想来还心有余悸；身为一名会自由思想的女子，她在那里一点都不受欢迎。

一九八一年，这位美国女子在她的梦中城市威尼斯定居，很快也找到合适的工作：在附近维琴察（Vicenza）一所美国马里兰（Maryland）大学分校教授英国文学。尽管她表示自己莫名其妙成了名作家，她还是想保留这个职位："这很有趣，"她说。"我喜欢这份工作，我的学生都很棒。"

还是年轻的大学生时，她就想来威尼斯。在她看来，威尼斯和歌剧便是天国的化身。她自己虽然不会任何乐器，也对错过学习感到非常遗憾，"但下辈子一定会学！"她保证。她一直相当嫉妒她的几位音乐家好朋友，可以轻而易举阅读乐谱，"就像我们读报纸一样！"她兴奋地表示。"他们阅读的时候会听到音符——真是神奇！"

但要怎么解释这样一位喜欢和谐、追求幸福的女人，会发展出相当成功的犯罪情节呢？一种精神预算上的必然平衡？一种恶灵的召唤，在紧急关头时以备不时之需？还是一种实际的看法，认为幸福与不幸相生相依？

"一定都有一点，"朵娜·里昂若有所思地表示着。"身为作家，我当然有负有社会政策上的责任。我多年来的旅行和从事各种职业的经历，让我眼界大开，因此也试着以自己的方式来解释并描述毫不和谐的状态。"

不过她第一本犯罪小说的灵感却来得意外。她和朋友在威尼斯听了一出歌剧，两人对指挥相当不满，"粗糙无比，装模作样"。演出结束后，她开玩笑想着如何一劳永逸解决这种音乐家，免得继续伤害音乐。她第一本书《威尼斯终曲》的点子于是油然而生。由于下笔如神，这位幸福的犯罪小说作家很快又接着出版几本小说，全都引起轰动。

但朵娜·里昂并未把她的犯罪小说写得惊险刺激。她至少把她笔下警官布鲁内提的私生活看得和在文学上完整铺陈水都犯罪一样重要。谈吐文雅的警官不只是位锲而不舍的犯罪专家，也是位亲切的丈夫和父亲。他多半或多或少和自己讨人喜欢与文雅的妻子，一起解开他那些头绪庞杂的案件。说来也巧，他的妻子是名文学讲师，在烹调番茄罗勒意大利面时，还能不断启发自己的丈夫。"我只是想要一位自己也会喜欢的警官，"作者解释。一位讨人喜欢的男人自然也有一个讨人喜欢的家。

相反的，朵娜·里昂自己却喜欢独居。"不然，我会觉得受到限制，而且我很珍惜能在世界最美的城市生活与工作的特权。"

（一九九七年十月）

译名对照

Abaelard, 阿贝拉

Abano, 亚班诺

Abydos, 阿拜多斯

Ada, 雅靼

Albergo Bella Venezia, 美丽威尼斯饭店

Albertine, 雅柏亭

Albrizzi, Isabella Teotocchi 伊莎贝拉·泰奥托奇·阿尔布里奇

Aleandro, 亚历安卓

Allegra, 阿蕾格拉

Altinum, 亚提奴

Amalia, Anna 安娜·亚玛里亚

Amarone, 阿玛弘

Amriswil, 阿姆里斯维尔

Ancilotto, Luigi 路易奇·安奇洛托

Andò, Flavio 弗拉维欧·安朵

André, 《安得烈》

Angelica, 安洁莉卡

Antheil, George 乔治·安泰

Antonia, 安东妮雅

Antonius, 安东流士

Aquileja, 阿奎勒亚

Aretino, Pietro 彼特罗·阿雷提诺

Ariost, 阿里欧斯特

Arlecchino, 阿雷奇诺

Armance, 《阿曼斯》

Asolo, 阿索罗

Aspern, 亚斯彭

Atlas, 阿特拉斯

Attila, 阿提拉

August, Carl 卡尔·奥古斯特

Augusta, 奥古斯塔

261

Lombardei, 伦巴底

Lombardo, Pietro 彼特罗·隆巴多

Lucca, 路卡

Madame de Staël, 斯塔耶夫人

Madrazo, de 德·玛德拉左

Majakowski, Wladimir 弗拉基米尔·马亚可夫斯基

Malamocco, 马拉莫可

Mamsell Mar., 玛尔女士

Mann, Thomas 托马斯·曼

Manutius, Aldus 阿尔多斯·曼奴裘斯

Manuzio, Aldo 阿尔多·曼奴奇欧

Marburg, 马堡

Marcolini, Marietta 玛莉塔·马可里尼

Marianne, 玛丽安

Marie von Thurn & Taxis, 图恩与塔克西斯的玛丽

Marino, 马里诺

Maryland, 马里兰

Maurer, Doris 朵丽丝·毛尔

Mayall, Paul 保罗·马雅

Mestre, 梅斯特

Metastasio, Pietro 彼特罗·梅塔斯塔奇欧

Michelangelo, Roderigo Gonzalez 罗德利哥·冈查雷兹·米开朗琪罗

Michelangelo, 米开朗琪罗

Mira, 米拉

Mirandolina, 米兰多林娜

Missolunghi, 米索隆奇

Mocenigo, 莫岑尼哥

Modena, 摩甸纳

Molière, 莫里哀

Mondadori, 蒙达多利

Montaigne, Michel de 米歇尔·德·蒙田

Montale, Eugenio 尤金尼欧·蒙塔勒

Monterverdi, Claudio 克劳迪欧·蒙特威尔第

Moore, Thomas 托马斯·莫尔

Murano, 慕拉诺

Murray, John 约翰·莫瑞